산다는 게, 지긋지긋할 때가 있다

최인호 여행산문

산다는 게,
지긋지긋할
때가 있다

최인호 여행산문

20년의 시간, 200개의 도시,
50개의 문학과 철학이
배낭여행으로 만나다

차례

여행, 그 떨림에 관하여

방랑자로 산다는 것, 그것은 고독하면서도 황홀한 운명의 몸짓이다. 사막의 추위 속에서 별들의 따뜻함을 건졌고, 아마존 밀림에서 악어의 눈물과 마주쳤으며, 페루의 갈대 섬 위에서 떠도는 작은 섬이 되었다. 그리고 베트남 원시 부족에게서 원초적인 사랑도 얻었다. 늘 외로웠으며, 이방인이었다. 어쩌면 나의 방랑은 안락한 삶의 방식을 거부한 벌, 고단한 유배의 삶이었을지도 모르겠다. 한 곳에, 푹 꺼진 소파에 나의 육신과 영혼을 가두지 못한 죗값을 치렀던 것이리라. 하지만 천상에서 버려진 것이 결코 슬프지는 않았다. 천상의 규율을 따르는 것보다 바람 같은 영혼의 노예가 되는 것이 더 낫다고 생각했기 때문이다.

방랑의 삶은 결코 존재의 법칙을 따르지 않는다. 오직, 영혼과 길의 방향에 구속될 뿐이다. 길이 열려 있는 쪽, 특히 작고 굽은, 낯선 길이라면 그곳은 방랑자들의 영혼을 유혹하기에 충분하다. 그 길 위로 비가 내리고, 눈이 내리고, 폭풍우가 몰아친다고 할지라도 그곳이 가지 못할 곳은 결코 아니다. 오히려 방랑은 그 가운데에 존재한다. 갑작스런 변화들은 고요했던 영혼을 흔들고, 작은 가슴을 긴장감으로 요동치게 하며, 단정했던 머리칼을 미친 사람처럼 만들어버린다. 그런 상황들은 오히려 겉돌기만 했던 인생의 지루한 궤도를 버리고, 살아 있는 '진짜' 속으로 영혼을 진입시킨다. 너무나 많은 생각과 보이는 것들이 나를 겁쟁이로 만들어버렸다면, 그것들을 지워버리고 그래서 나조차 잃어버릴 때, 마침내 방랑이 시작되고, 밖이 아닌 '진짜' 속으로 들어갈 수 있게 되는 것이다. 무언가를 잃는다는 것, 그것만이 방랑의 유일한 조건이다.

헨리 데이비드 소로는 그렇게 자신을 잃어버리고 더 큰 우주를 얻었다. 방랑은 누구도 가질 수 없는 선물을 그에게 안겨준 것이다. 그는 《구도자에게 보내는 편지》에서 그것을 이렇게 말하고 있다.

"미지의 땅은 우리가 경험하지 못한 것에만 있을까요? 모험심을 가진 자에게는 모든 곳이 미지의 땅입니다. 하지만 나태하고 패배한 영혼에게는 광대한 분지와 북극성조차도 시시한 장소일 것입니다. (……) 미지의 땅으로 통하는 길은 당신이 만들어야 합니다. 바로 그것이 당신이 밥을 먹고 옷을 입는 이유입니다."

방랑자의 길은 고독한 구도의 과정이다. 그들에게 신은 새롭게 만나는 '모든 것'들이다. 새로운 것, 그것은 익숙한 것에 갇힌 나를 구원해주기 때문이다. 화려함으로 충혈된 눈동자에 푸른 바다의 휴

식을 주고, 일정한 리듬에 젖어버린 귀에 불규칙한 음표들을 선물하며, 단 것에만 길들여진 혀에 알싸한 고추의 맛을 안겨주기 때문이다. 그렇게 길 위에서 만난 것들과의 대화는 방랑자의 '기도'가 되며, 그들과 함께 보내는 시간들은 신의 '선물'이 된다. 그래서 방랑자들은 그 시간을 지배하려 들지 않는다. 오직 그것에 순응할 뿐이다. 작은 존재에 불과한 방랑자의 길은 고독한 구도의 과정이다. 그들에게 신은 새롭게 만나는 '모든 것'들이다. 새로운 것, 그것은 익숙한 것에 갇힌 나를 구원해주기 때문이다.

낯선 것들 속에는 내가 보지 못한 또다른 우주가 있다. 하나의 작은 별에 불과한 나는, 광활한 우주가 써놓은 시를 읽을 수는 없다. 하지만 슬퍼할 필요는 없다. 우주가 써놓은 그 '낯선 시'는 이해가 아닌 교감을 원하기 때문이다. 그저 호기심 가득한 눈으로 만지기만 하면, 시는 그의 흰 속살을 기분 좋게 내비쳐준다. 그 시들을 만지는 순간, 나의 삶도 마법같이 새로운 것들로 변신한다. 속도가 사라지고, 한없이 게을러지며, 가던 길을 잃어버리게 된다. 그리고 아픈 상처는 꽃으로 피어난다. 나와 다른 우주를 이해하는 방식은 나의 존재방식을 버리는 것에서 시작된다. 이처럼, 우주는 그저 바라보

기만 하는 동경의 대상이 아니다. 결코 갈 수 없는 곳도 아니다. 나의 길에서 한 발짝만 옆으로 나오기만 하면 된다. 그 옆길에, 당신이 동경하던 우주가 있을 것이며, 그 우주가 써놓은 수많은 시들이 별꽃으로 피어 있을 것이다.

방랑의 삶은 다른 은하계의 작은 별이 써놓은 한 편의 '시'임이 틀림없다. 방랑을 거부한 사람들에게는 무척이나 낯설고 어렵기만 한 그런 시 말이다. 나는 지금 그 시의 3행쯤을 걷고 있는 것이리라. 나의 영혼은 시의 낯선 단어들 위에서 비틀거리거나 시들어가는 것처럼 보일 것이다. 하지만, 나의 영혼은 완전함에서 불완전함으로 가고 있는 것이며, 평온에서 불안으로 시선을 돌리는 것이다. 다시 말해, 시의 3행이 지어놓은 여관, 쉼표에 잠시 머물고 있는 것이다. 그곳에는, 시베리아에서 만난 스위스의 양치기 소녀가, 인도의 바라나시에서 인력거를 끌던 아저씨가, 사하라의 뜨거운 사막에서 검은 눈을 맞춘 히잡 쓴 여인이 함께 묵고 있다. 아마도, 영혼에 박혀 있는 타인의 시선과 도덕의 바퀴를 모두 제거할 때쯤이면, 마지막 시행 위를 걷게 될 것이다.

방랑은 런던에서 만난 안개와도 같은 것이다. 안개는 모든 것들을 꿈으로 만들어버리는 신비의 동화다. 꿈속에서 방황하는 건 꽤나 즐거운 일이다. 하지만 그것은 아주 짧은 쾌락이며, 곧 사라질 것이라는 것을 누구나 알고 있다. 하지만 방랑자는 안개가 사라지는

것을 두려워하지 않는다. 안개가 바람의 힘을 빌려 제멋대로 다니면서 사람들을 훑고, 나무들을 감추고, 건물의 목을 감싸주고 있을 때, 안개의 이런 사랑을 거부하는 것은 아무도 없기 때문이다. 안개는 한 곳에 오래 머무르지 않는다. 그것은 꿈과 방랑자의 영원한 옷이 되기 위함이다.

아마도, 시인 키플링도 안개 속에 '방랑의 영혼'을 풀어놓은 목동이었으리라.

그리하여 나는 이 업(業) 저 업 떠돌아다녔네.

때가 되면 보수도 나를 붙잡지 못했지.

쓸모 있는 것을 모조리 팽개칠 때까지

내 머릿속의 무엇인가가 모든 것을 뒤흔들어 놓았으니까,

나는 바다로 나와, 죽어 가는 부두의 불빛들을 바라보았네.

그리고 내 짝을 만났네— 세상을 누비는 저 바람!

– 키플링, 〈떠돌이 왕족의 시〉

2020년 1월

최인호

1부

감각,
그 환상에 관하여

1
검은 개, 나의 또다른 이름

바라나시, 인도

*

떨어지는 동전 소리는 상여 소리처럼 서글프다

태양이 시간을 삼키는 죽음의 공간, 바라나시. 40℃를 넘는 무더위가 시체를 태우는 장작더미의 불꽃마저 집어삼킬 듯 덤벼든다. 하지만 바라나시의 화장터는 그런 뜨거운 태양을 거부하지 않는다. 주검을 태우는 불꽃도, 삶을 달구는 태양의 뜨거움도 모두 죽음으로 가는 삶의 중요한 과정이라고 말하고 있는 듯하다. 검게 흐르고 있는 갠지스 강 위로 삶과 죽음이 함께 떠다니고 있는 것처럼 말이다. 빨래를 하는 아낙들, 그 옆에서 신성한 목욕 의식을 치르는 깡마른 순례자들, 그리고 사람의 시체를 물어뜯고 있는 물고기들, 타다 만 육신들…… 과연 무엇이 삶이고 무엇이 죽음이라 말해야 할까?

바라나시의 화장터와 갠지스의 검은 물줄기는 인도의 모든 사람들을 이곳으로 부른다. 자신의 죽음을 이곳에 바치도록 사람들로 하여금 먼 길을 걸어오게 만든다. 그들에게 시간은 죽음을 향해 가는 수단일 뿐 그 이상도 그 이하도 아니다. 살아 있다면 걸어야 한다. 바라나시에 쏟아지는 태양과 갠지스의 검은 물줄기 속에 자신의 마지막 시간을 바치기 위하여 조금씩 움직여야 한다. 그리고 활활 타오르는 장작더미 위에 자신의 뼈와 살가죽을 올려놓아야만 한다. 인도의 시간은 오직 이곳을 향해 흐르고, 모든 공간도 이곳에서 끝을 맺는다. 화장터와 연결된 좁고 낡은 골목길은 저승으로 연결된 마지막 다리다. 그 다리 위에는 종잇장보다 얇은 살들 속에 남겨진 몇 분의 시간들이 작은 깡통을 앞에 놓고 영혼의 뱃삯을 구걸하고 있다. 이미 그들은 죽은 것이다. 다만 그들의 육신을 장작더미 위에 아직 올리지 않았을 뿐…….

"땡그랑."

깡통 안으로 떨어지는 동전 소리는 상여 소리처럼 서글프다. 동전을 던지는 이들은 그들의 죽음을 축복하는 것도 슬퍼하는 것도 아니다. 단지 그들의 가난한 영혼이 구석진 골목에서 방황하지 않기를 바랄 뿐이다. 활활 타는 장작더미 위로 그들의 누추한 거죽이 남김없이 녹아내리기를 염원하는 것이다. 하지만 그들의 영혼은 쉽게 강 너머로 가지 못한다. 그들 앞에 놓인 작은 깡통은 그들이 살아온 공간보다 더 넓기 때문이다. 깡통을 채울 동전은 가뭄 여름 농부들

바라나시, 인도

이 기다리는 비만큼 귀하기만 하다. 하지만 그들은 반드시 살아야 한다. 동전이 깡통을 채울 수 있는 시간만큼 더 살아야 한다.

화장터 반대편에서는 죽음을 훔치며 삶을 연명하는 아이들이 보인다. 황금색과 붉은 핏빛으로 도포된 수의를 훔쳐 화살처럼 달아나는 꼬마들의 거친 숨소리가 고동친다. 그들은 장작더미의 불꽃보다 더 뜨거운 땀을 흘리며 골목으로 사라진다. 아마도 그들은 더 많은 타인의 죽음을 오늘도 기다리고 있을 것이다. 그들에게 타인의 죽음은 결코 슬픈 것이 아니다. 그저 자신의 끼니를 이어가기 위한 생명줄일 뿐……

"가족들이 먹고 살려면 어쩔 수 없어요. 엄마도 처음에는 이 일을 반대했지만, 내가 돈을 갖다주니까 아무 말이 없었어요."

인도 영화 속 한 꼬마의 말이 떠오른다. 누군가의 죽음은 누군가의 삶이 되는 이곳. 깡통을 놓고 죽음을 애원하는 노파와 죽음을 훔쳐 살아가는 꼬마들이 한 곳에 머무르는 바라나시. 이곳이 진정 현세가 맞는 걸까? 아니면 내가 귀신에 홀려 피안으로 들어온 건 아닐까? 나는 이곳에 왜 왔는가? 나는 무엇을 만나고, 무엇을 보고 싶어 하는가? 죽음일까 아니면 죽어가는 사람일까? 아마도 죽음이 아닌 나의 미래를 보고 싶었는지도 모른다. 나는 살점들이 숯가루와 반죽이 된 채 사정없이 던져진 강물 속에 발을 담갔다. 죽음이 흐르는

공간 속으로 나의 삶을 밀어넣은 것이다. 나의 미래를 감각으로 전해받아 현재로 환원하고 있는 것이다. 죽음에 관한 그 어떤 철학자의 논의도 지금 이 순간보다 진실되고 명백하지 못하리라.

죽음은 나의 미래인 동시에 현재다. 강 속에 떠다니는 죽음의 덩어리들이 나의 발목을 간질이며 말을 건다. 보이고 느껴지는 죽음의 형상들은 타인의 것인 동시에 현재적이지만 나의 미래와 연결되어 있다. 그들의 검은 형상은 내 미래의 분명한 색채다. 그렇다면 지금 나는 미래에 존재하면서 지나버린 현재를 반추하고 있는 것은 아닐까?

살점을 뜯고 있는 개들의 입놀림이 어제처럼 익숙하다

불타고 있는 장작더미 옆으로 검은 개들이 앉아 있다. 붉은 두 눈은 피를 삼킨 듯 살기가 돈다. 사람의 눈을 닮았다. 아니, 사람의 눈이다. 벌린 입 사이로 하얗게 드러난 이빨과 끈적이는 침이 나의 숨을 멎게 한다. 하얀색은 언제나 아름다움과 순수함이었다. 하지만 지금은 다르다. 공포는 언제나 자신이 갖고 있던 관념의 범주를 초월하여 등장할 때 더 크게 다가오는 법이다. 그래서일까? 하얀 이빨이 나의 온몸을 빨아들일 것 같다.

흰색이다! 우리의 모든 행동에 방향을 제시해주는 우리 시대의 정신적 색깔이며, 그 윤곽이 분명한 태도가 있다. 회색도 아니고, 상아빛의 흰색도 아닌 순수한 흰색이 그것이다!

흰색이다! 새로운 시대의 색깔이며, 완벽주의자의 시대이자 순수함과 확실성의 시대인 우리의 시대, 신기원을 이룩한 시대 전체를 나타내주는 색깔이다. 흰색, 그뿐이다. 우리의 등 뒤에는 쇠퇴와 전통주의를 나타내는 '갈색' 점묘화법을 나타내고, 푸른 하늘, 초록빛이 도는 수염을 가진 신들, 그리고 유령 숭배를 나타내는 '청색'이 있다.

흰색, 순수한 흰색이다.

— 판두스뷔르흐, 《선언문》 중에서

나는 죽음보다 하얀 이빨을 가진 저 검은 개들이 더 두렵다. 하지만 개들은 나를 의식하지 않는다. 나의 어떤 움직임에도 그들의 시선은 흔들리지 않는다. 그들의 눈은 오직 장작더미 위를 향해 있을 뿐이다. 저 검은 개들은 어떤 몸짓이나 눈짓으로도 나를 위협하지 않는다. 하지만 나는 그들을 두려워하고 경계하고 있다. 이처럼 공포는 대상이 가지고 있는 것들과 상관없이 내가 만들어가는 관념의 허상이다. 그럼에도 인간은 수많은 것들로부터 스스로 두려움을 만들어낸다. 아주 작은 바퀴벌레를 발견하는 순간 공포감에 휩싸여 한 발짝도 떼지 못하는가 하면, 내 몸집보다 훨씬 거대한 코끼리를 보면서도 환하게 웃곤 한다. 우리에게 더 큰 위협을 가할 수 있는 것은 바퀴벌레가 아닌 코끼리임에도 불구하고 우리는 자신이 만들어낸 바퀴벌레의 부정적 관념에 포로가 되고 만다. 더구나 인간은 형상이 존재하지 않는 것들에게조차 공포를 느낀다. 그것은 바로 죽음이다. 죽음은 분명 우리의 관념일 뿐, 공포를 유발할 만한 형체가 존재하지 않는다. 소크라테스 역시 이런 나의 생각에 동조했으리라.

> 죽음을 두려워한다는 것은 누군가가 지혜롭지 않으면서 지혜롭다고 생각하는 것과 다르지 않다. 그것은 자신이 모르는 것을 알고 있다고 생각하고 있기 때문이다. 어느 누구도 죽음이 인간에게 올 수 있는 축복 중에 가장 큰 것이 아닌지를 알지 못하는데, 그들은 죽음이 인간에게 닥칠 수 있는 최악의 것처럼 두려워하기 때문이다. 이는 알지 못하면서 아는 것처럼 생각하고 있다는 점에서 가장 비난할 만한 태도이다.
>
> ― 플라톤, 《소크라테스의 변명》 중에서

그렇다면, 우리가 가장 두려워하는 죽음을 무덤덤하게 삼키고 있는 저 개들은 무엇인가? 그들이 뜯고 있는 것은 인간의 살점인가, 아니면 인간이 두려워하는 죽음의 관념인가? 죽음의 관념을 뜯고 있는 것이라면 우리가 가장 두려워해야 하는 것은 분명 저 개들이다. 인간이 가장 두려워하는 그 관념이 개들에겐 절대적인 기쁨이기 때문이다. 사람의 살점을 뜯고 있는 개들의 입놀림이 어제처럼

익숙하다. 주위를 살피며 음식을 독차지하려는 욕망도 낯설어 보이지 않는다. 그들의 행위가 인간의 삶과 너무 닮아 있다.

그들의 가쁜 숨소리, 그들의 이빨이 인간의 뼈와 부딪치는 소리가 나의 심장에서 고동쳐 울린다. 나는 정신없이 뛰는 심장을 진정시킬 수 없다. 나의 심장 소리를 들었는지 피로 물든 그들의 눈동자가 나를 쳐다본다. 그들만의 축제는 쉽게 끝나지 않았다. 먹다 남은 시신의 뼛조각과 흙으로 범벅이 된 살점들을 이리 저리 굴리며 논다. 배부른 자들의 여유로움이 그대로 드러나는 광경. 까마귀가 내려와 자신들의 먹잇감을 쪼고 있어도 관대하게 바라볼 뿐, 개의치 않는다. 며칠 동안 그들은 나의 악몽 속 주인공이 되어 나를 괴롭혔다.

지금 내가 바라보는 현상들이 현세에 존재한 것들이 분명한가?

혹시 불교에서 말하는 지옥의 아수라는 아닐까? 주인이었던 인간들이 종이었던 검은 개들의 먹잇감으로 변한 시간. 이것은 분명 현세일 수가 없다. 그렇지만 내 눈앞에 펼쳐지고 있는 이 광경을 현실이 아닌 거짓이라 단정할 만한 어떤 근거도 찾을 수가 없다. 그렇다면 지금 존재하는 시간과 이곳은 무엇이라 말해야 할까? 그 답을 찾을 수가 없다.

지금 나는 장자가 말한 '나비의 꿈'처럼, 축제 후 잠든 저 개들의 꿈속에 존재하고 있는 작은 인간이자 그들의 먹잇감일 뿐이다. 얼른 이 시간과 공간으로부터 탈출하고 싶다. 잠든 개들이 깨기 전에 달아나야 한다. 하지만 발이 내 의지를 무시하고 있는 것인지, 아니면 내 의지가 발의 무게를 감당하지 못하는 것인지, 한 발짝도 움직일 수가 없다. 오, 정말 내가 저들의 꿈속에 갇힌 거란 말인가? 그렇다면, 내가 이곳을 탈출할 수 있는 건 오직 저 개들이 잠에서 깨어나는 것밖에는 없다.

그 순간 장작더미에 불을 지피던 장의사가 또 다른 시신 조각을 개들에게 던져주었다. 그러자 자고 있던 개들은 또다시 그 살점을 향해 달려든다. 그제서야 나의 발은 그들과 반대방향으로 빠르게 움직이기 시작했다. 나는 그들의 꿈속에 갇혀 있었던 것이 분명하다. 아! 개들이 물고가는 저 육신의 조각들. 어쩌면 그것은 나의 것이리라. 그렇다면 내가 돌아갈 곳은 오직 그들의 꿈속이라는 것을 어떻게 거부할 수 있을까?

검은 개, 나의 또다른 이름

바라나시 저녁 하늘에 붉게 해 지고

저무는 강가 강 물결 위에 꽃등 뜨네

고요히 숨결 깊어진 수면 위로 슬픈

꽃등 그림자 떨어져 흔들리며 떠가네

눈이 맑은 소녀야

작은 손으로 꽃을 팔며

미소 띤 얼굴에 노래 부르는

너에게 꽃 하나 사서 불을 붙여

기도하듯 두 손으로 강물 위에 놓느니

달빛 젖은 강물 위로 꺼질 듯

작은 생명 하나 불꽃 시를 쓰며 가는구나

어둠의 강가 강에 혼자 앉아 다짐한다

이제 삶이 무엇인지 더 묻지 않으리라

내가 누구인지도 다시 묻지 않으리라

시간의 강물인 대지 위를 흐르며

저 꽃등처럼 목숨 사르어 시를 쓰며 떠가면 되리라

— 이성선, 〈깊은 강〉

2
카페, 우울하고 낭만적인 시간

파리, 프랑스

*

열정이 주름처럼 새겨진 도시는 우울하다

파리는 작은 도시다. 하지만 그 어느 곳보다 매혹적이다. 파리는 인간의 오감을 우울함으로부터 탈출시킨다. 특히 개선문과 콩코드 광장이 서로를 끌어안을 듯 뻗어 있는 샹젤리제 거리와 바토무슈 유람선 선착장으로 가는 짧지만 긴 몽테뉴 거리는 우리의 시각을 우리가 통제할 수 없게 만든다. 보들레르는 이 화려한 파리를 보면서 다음과 같이 노래했다.

인간은 일찍이 본 일이 없는

그 엄청난 풍경의

어렴풋하고 먼 이미지가

오늘 아침에 나를 매혹한다

(……)

그리고 이 신비로운 움직임들 위로

영원한 고요가 감돈다.

— 보들레르, 《악의 꽃》 중 〈파리의 꿈〉 중에서

보들레르의 표현처럼 파리의 거리는 날마다 새로움이 피어난
다. 빨갛게, 때로는 노랗게 꽃피는 인공 정원이다. 샹젤리제는 평원
을 뜻하는 '샹'과 그리스 신화에 나오는 낙원을 의미하는 '엘리제'의

파리, 프랑스

합성어이다. 그래서인지 이 거리는 파리의 심장이자 프랑스인들의 낙원이라고 해도 과언이 아닌 듯 보인다. 고급스럽게 배부른 은행, 시간을 즐기는 노천카페, 누구라도 공주로 꾸밀 수 있을 것 같은 명품 부티크와 화장품 가게, 남자의 부를 상징하는 최고급 자동차 대리점, 아이들의 낙원인 디즈니랜드의 상품들……. 그 어떤 것도 이 거리에 어울리지 않는 것은 없다. 이곳은 화려하게 살아 움직이는 유토피아 박물관 그 자체다. 2.5킬로미터에 이르는 기역자 모양의 명품 백화점이다. 이 거대한 백화점의 입구는 나폴레옹이 만든 승리의 개선문이며, 출구는 양 손 가득 명품을 거머쥔 부르주아들이 걸어나오는 콩코드 광장이다.

하지만 이 거리의 진짜 주인은 차갑게 늘어선 건물들이 아닌가 싶다. 사람들은 단지 그들의 화려함에 넋을 잃어버린 구경꾼에 지나지 않는다. 유리창 너머의 고가의 명품들은 결코 다가갈 수 없는 고대 전시품처럼 구경꾼들에게는 멀기만 하다. 유리창 너머로 비쳐오는 화려한 색깔들은 사람들의 탐욕과 어울리면서 구경꾼들의 걸음을 멈춰세울 만큼 매혹적이다. 하지만 그들의 화려함은 뉴욕의 차가운 금속 빌딩과 하늘을 찌를 듯한 수직의 위압에서 나오는 것과는 다르다. 짧은 치마와 긴 가죽부츠, 빨간 손톱을 드러낸 젊은 여인이 뿜어내는 유혹과도 다르다. 정숙하고 단아한 몸짓, 지적이면서도 섹시한 눈짓, 빨간 립스틱이 잔주름과 어울리는 성숙한 여인의 몸을 닮았다.

나는 분명 순간적일지라도 이 거리의 구경꾼임에 틀림없다. 하지만 구경꾼인 내가 불편함을 느끼는 것은 왜일까? 일반적으로 구경꾼은 구경을 당하는 대상보다 우월한 위치를 점하고 있는 주체적이며 능동적인 존재다. 구경거리가 제공하는 지속적인 쾌락을 나의 기호적 선택을 통해 즐기기만 하면 되는 것이다. 따라서 구경꾼은 타자에 의해 종속되지 않으며, 구경거리처럼 타자를 위해 존재하지도 않는다. 오로지 자신의 감각적 욕망들에 의해서만 순간적으로 구속되는 존재일 뿐. 구경거리가 되는 것보다 구경꾼이 되는 것은 즐거운 일임이 명백하다. 그런데 구경꾼인 내가 건물들의 구경거리가 되어버리다니……. 거리의 상점들은 나의 촌스러운 욕망을 거추장스럽게 여기고 있는 것 같다. 그리고 나의 가난한 욕망이 이곳과 결코 어울릴 수 없다며 자신들의 문을 함부로 열지 말라고 경고하고 있는 듯 보인다.

귀스타브 프레퐁은 인간과 도시의 관계를 이렇게 표현했다.

"도시를 반드시 높은 곳에서 우쭐대면서 내려다보라. 그것이야말로 파리를 지배하는, 아니 오직 파리에서만 가능한 시선의 자유이다. 자유로운 시선을 통해 대도시는 즐겁고 생기 있는 구경거리가 된다."

— 귀스타브 프레퐁, 《공중에서 내려다본 파리》 중에서

하지만 낡은 배낭을 멘 나는 프레퐁이 말한 것처럼 당당한 구경 꾼으로서 이 거리를 우쭐대며 쳐다볼 수 없다. 오히려 나는 판옵티콘(원형감옥) 속에 갇혀 권력자들의 감시를 받는 수감자처럼 명품 가게 안에 있는 사람들과 그 건물들의 차가운 시선 속에 갇혀버렸 다. 배고픈 배낭족의 순진한 욕망이 감시당하고 있는 것이다.

"모든 이에게 열려 있고 모든 도시의 열정이 주름처럼 새겨진 도 시의 거리에서는 모든 계급의 사람들이 사교하는 것, 모든 편견과 증오가 먼지 속에서 증발하는 것을 구경할 수 있다."

쥘 발레의 이 말은 아무 소용없는 아이들의 농담처럼 들릴 뿐이 다. 보이지 않는 계급의 장벽이 견고한 건물들의 외관만큼이나 단 단하게 바리케이드가 되어 나를 막고 있기 때문이다. 샹젤리제 거

리가 시작되는 콩코드 전철역 지하의 차가운 바닥에 웅크리고 앉은 걸인들에게도 이 거리는 너무도 먼 곳이다. 이 거리에선 자신들이 구경꾼이 아닌 구경거리가 될 뿐이라는 것을 그들은 이미 알고 있기 때문이리라. 그래서일까? 그들은 차가운 바닥에 엉덩이를 붙인 채 따뜻한 햇살이 넘치는 이 거리로 나올 생각을 하지 않는다. 이 거리는 행복한 걸까, 아니면 우울한 걸까?

매일 아침 너를 사랑하는 사람이
하늘이 하얗다고 말하면 구름은 검다고 말해줘

결국 구경꾼으로서의 불편함은 나를 이곳을 떠나게 만들었다. 나는 우울함을 안고 세느 강변을 따라 한참을 걸어내려왔다. 샹젤리제 거리에서의 우울하고 불편했던 감정들이 퐁네프의 다리 너머로 바람과 함께 사라져갔다. 그런 나의 시원한 감정은 퐁네프 다리를 걷고 있는 많은 연인들에게 머물렀다. '오! 저녁노을이 강과 다리 위에 내려앉았네.' 그런데 강과 다리게 붉게 물든 건, 노을 때문이 아니라 저 연인들의 뜨거움 때문이라는 것을, 뛰고 있는 나의 가슴이 말해주었다. 젊은 연인들은 레오 까락스 감독의 영화 〈퐁네프의 연인들〉 속 주인공처럼 발레를 하듯 즐겁게 걷거나, 미치광이들처럼 뛰어다니고 있다. 그리고 타인의 시선을 관중 삼아 뜨거운 키스를 즐긴다.

"매일 아침 너를 사랑하는 사람이 하늘이 하얗다고 말하면 구름은 검다고 말해줘, 그러면 둘은 사랑하는 거야."

〈퐁네프의 연인들〉의 이 대사처럼 그들의 사랑 앞에 현실은 초라한 거짓일 뿐 어떤 의미도 가질 수 없는 것이라고 다리 위의 연인들의 몸짓은 말하고 있다.

점점 시력을 잃어가면서 모든 것을 포기하고 퐁네프의 다리를 전전하며 걸인으로 살아가는 화가 미셸과 가난한 곡예사 알렉스의 사랑은 몽환 그 자체였다. 그래서 사랑이 무엇인가를 다시금 질문하게 만들면서도 그들이 추구하는 것이 과연 진정한 사랑일까라는 의문도 가지게 했었다. 하지만 지금 퐁네프 다리 위에 있는 연인들의 사랑은 영화와 다른 명백한 실존이다. 그들의 키스는 영혼과 본능의 목마름을 채우지 못해 몸부림치는 육체들의 향연이다. 로댕 미술관에 갇혀 있는 〈키스〉라는 조각상처럼⋯⋯.

"이 조각상에는 고요함이 있는데 (⋯⋯) 그 속에는 깊이를 측량할 수 없는 욕망, 세상의 물을 전무 갖다부어도 축일 수 없는 목마름이 있다."

하지만 퐁네프의 다리는 단절과 소통의 의미도 안고 있다. 샹젤리제의 거리가 계급과 자본, 소외가 지배하는 곳이라면 퐁네프 다리 건너에 있는 생제르맹 거리는 가난함을 초월한 연인들의 사랑, 예술가와 철학자들의 우정, 초라한 노년의 일상들이 편안히 쉬고 있기 때문이다. 그래서 나는 생제르맹 거리를 여행자의 눈과 첫사랑을 꿈꾸는 소년의 가슴으로 걸어보고 싶었다. 영화 〈비포 선셋〉의 남자 주인공처럼 파리의 낯선 여인을 만나 향기로운 에스프레소를 한 잔 마시고 싶어졌다. 몇 년이 지난 후에도 그 향기가 나를 파리의 카페로 데려올 수 있을 정도로 진한 에스프레소를 낯선 이와 마시고 싶은 것이다. 그래서 나는 카페 드 플로르(Café de Flore)의 구석진 자리에 앉았다.

당신을 보았습니다. 지금부터 당신은 나의 사람입니다

파리에서 카페는 일상 그 자체의 공간이다. 화려하거나 안락한 공간이기보다는 삐걱거리는 불편한 의자와 좁은 테이블, 담배 연기와 커피 향이 뒤섞인 우리네 사랑방과 같은 모습이다. 누구든 쉽게 들어오고 쉽게 나갈 수 있는 나그네의 쉼터이기도 하다. 누구와도 금방 친구가 될 수 있는 곳이며, 누구에게도 간섭 받지 않을 자유가 공존하는 곳이다. 도시의 번잡함과 날카로운 시간도 이곳에선 한가롭게 그리고 부드럽게 느려진다. 온갖 서글픔도 에스프레소 한 잔으로 위로 받을 수 있는 곳이다. 대화로 또는 일방적 시선으로 타인과 즐겁게 연애할 수 있는 곳이기도 하다. 헤밍웨이도 이 거리의 카페에서 맥주와 커피로 하루를 보내기도 했다. 그러던 어느 날 카페에 온 한 여인을 바라보며 시간도 잊은 채 사랑의 글을 완성했다.

아름다운 여인이여, 나는 당신을 보았습니다. 그리고 지금부터 당신은 나의 사람입니다. 설령 당신이 누군가를 기다리고 있든, 당신을 다시 볼 수 없다는 생각이 들든, 당신은 나의 사람이고 파리의 전부이고 나의 것입니다. 그리고 나는 이 노트의 것이고 이 연필의 것입니다. (......) 나는 마지막 문장을 다시 읽었고 눈을 들어 그 여인을 찾았다. 그러나 그녀는 이미 떠나고 없었다.

— 헤밍웨이, 《파리에서 보낸 7년》 중에서

내가 지금 앉아 있는 카페 드 플로르는 철학자 사르트르와 그의 애인이자 계약 결혼의 상대자였던 보부아르가 커피를 즐겼던 곳이다. 시끄럽고 번잡한 이 카페에서 두 사람은 글을 쓰고 토론을 하며 영원한 사랑을 꿈꾸었다. 사르트르는 다음과 같이 말할 정도로 이 카페를 사랑했다.

"나에게 카페 드 플로르에 이르는 길은 자유에 이르는 길이었다."

두 사람뿐만 아니라 롤랑 바르트, 앙드레 말로도 이 카페의 단골이었다.

신성하다고 할 감동 없이는 플로르의 이 '무거운' 장소에 들어갈 수 없었다. (......) 왜냐하면 그곳에는 신화적인 인물들뿐 아니라 카페의 테이블 위에서 세기를 만든, 지금은 실체가 없어졌다 하더라도 실재하

고 있는 많은 사람이 있기 때문이다. 오늘날 나이 많은 장인(匠人)들은, 마치 그것이 대사건, 자기들의 존재의 양식, 더욱이 에고이즘의 파도치는 큰 바다로 나아가기 몇 시간 전에 매일 정박한 항구였던 것처럼 플로르 이야기를 한다.

— 두랑 부발, 《카페 드 플로르》 중에서

피카소와 조르주 바타유의 연인이자 전위적 초현실주의 사진작가 도라 마르의 사랑이 시작된 곳은 내가 앉아 있는 카페 드 플로르 옆에 있는 카페 레 두 마고(Les Deux Magots)였다. 이 카페에서 도라 마르는 초면인 피카소 앞에서 테이블 위에 자신의 하얀 손을 올려놓고 손가락 사이로 칼을 찌르는 위험한 장난을 시작했다. 그리고 그녀의 하얀 손은 붉은 색으로 물들었고, 그것은 피카소의 마음을 광기로 몰아넣었다. 입체주의 화파에 걸맞은 사랑의 시작이었다고밖에 말할 수 없는 사건이었다. 그 후 도라 마르는 피카소의 작품에 뜨거운 영감을 불어넣어주는 가장 중요한 존재가 되었다. 〈우는 여인〉과 파리 피카소 박물관에 소장되어 있는 〈도라 마르의 초상화〉가 바로 그녀를 그린 그림이다. 〈도라 마르의 초상화〉는 박물관보다 카페 레 두 마고의 벽에 걸려 있어야 하지 않을까 하는 생각까지 문득 든다.

나는 에스프레소 한 잔과 치즈 샌드위치 한 조각을 주문했다. 카페는 사람들로 넘쳤다. 여행자들과 마을 사람들, 노인들과 젊은이

44 파리, 프랑스

들, 점잖은 중년의 남성들과 빨간 입술의 아가씨들, 넥타이를 맨 직
장인과 허름한 작업복을 입은 노동자, 그리고 고독하게 하지만 편안
하게 책을 읽고 있는 할머니, 무언가를 열심히 쓰고 있는 작가 같은
중년의 여성, 모두가 에스프레소 한 잔에 행복해 하는 모습이다. 그
래서인가, 달가닥거리는 커피 잔 소리는 햇빛 방울이 치는 피아노
건반 소리처럼 들린다. 나는 커피를 마시기 전에 다른 사람들이 그
랬던 것처럼 커피 잔을 코로 먼저 가져갔다. 그리고 한 모금 마셨을
때, 발자크가《커피에 관하여》에서 한 말을 이해할 수 있었다.

그것은 목구멍을 부드럽게 쓰다듬으며 움직이게 만든다. 새로운 생
각들이 저절로 떠오른다. (......) 논리의 대포가 전진하고, 재치의 화
살이 공기를 가르며 날아간다.

— 발자크, 《커피에 관하여》 중에서

밤 아홉시가 되어서야 나는 자리에서 일어섰다. 그 동안 나는 카페 안에 있는 사람들과 카페 앞 길가로 지나가는 사람들을 구경했다. 카페에 앉은 나는 샹젤리제 거리에서와는 달리 편안한 마음으로 구경꾼이 될 수 있었다. 모든 것들이 나의 구경거리가 되었으며 누구도 나의 이 행위를 방해하거나 무시하지 않았다.

방해꾼이 있었다면 그것은 고독과 시간의 흐름뿐이었다. 만약 여행이 끝난 뒤 허전함을 느낀다면, 그것은 아마도 생제르맹 거리의 카페에 앉아 커피를 마시고 있지 않기 때문일 것이다. 그리고 햇빛 좋은 날 인사동 거리를 아무 생각 없이 홀로 걷고 있다면, 그것은 분명 카페 드 플로르의 향기로 몸살을 앓고 있는 중일 것이다. 헤밍웨이의 말처럼 파리는 지금도 나의 곁에 머물고 있다.

"만약 당신이 젊은이로서 파리에서 살아보게 될 행운이 충분히 존재한다면, 파리는 이동하는 축제처럼 당신의 남은 일생 동안 당신이 어디를 가든 당신과 함께 머무를 것이다."
— 헤밍웨이, 《파리에서 보낸 7년》 중에서

파리, 프랑스

3
탱고, 하나를 향한 뜨거운 몸짓

부에노스아이레스, 아르헨티나

*

갈라진 시간 위에서 보랏빛 여인과 탱고를 추다

리우데자네이루의 보석 같은 야경을 뒤로 하고 아르헨티나 부에노스아이레스행 비행기에 올랐다. 심하게 흔들리는 비행기에서도 부에노스아이레스에 대한 기대감은 사그라지지 않았다. 축구와 탱고의 나라 아르헨티나. 그리고 아르헨티나의 뜨거운 심장, 부에노스아이레스. 공항은 낡고 초라했지만 한낮의 태양은 송곳으로 찌르듯 따갑게 나를 반겨주었다.

축구와 탱고의 열정이 이 뜨거운 태양으로부터 잉태되었음을 날씨는 소리없이 말해주고 있다. 그리고 부에노스아이레스의 도심은 가로수 '하까란다'의 짙은 보랏빛으로 물들어 있다. 처음 만나는 강렬하고 매혹적인 하까란다의 보랏빛 꽃잎들에 나는 숨을 쉴 수가 없다. 마치 너무나 아름다운 여인이 뜨거운 시선으로 나의 온몸을 핥는 것처럼 나는 현기증이 난다.

나는 더이상 버스에 앉아 있을 수가 없었다. 하까란다와 나의 거리가 버스의 유리창으로 인해 너무나 멀게만 느껴졌기 때문이다. 버스에서 내린 나는 정신을 놓아버린 사람처럼 하까란다를 바라보며 마냥 웃고 서있었다. 그리고 보르헤스의 짧은 단편《전체와 무》에서처럼 나의 존재는 환영과 실재 사이를 끝없이 오가고 있었다.

나 또한 나 자신이 아니다. 나는 마치 네가 너의 작품을 꿈꾸었던 것처럼 세계를 꿈꾸었지. 그리고 네 꿈의 형상들 속에 마치 나처럼 수많은 존재이기도 하고 동시에 아무도 아닌 네가 존재하고 있는 거지.

— 보르헤스, 《전체와 무》 중에서

이 미치도록 매력적인 보랏빛 꽃 속에 우주가, 부에노스아이레스가, 그리고 나의 설렘이 담겨 있듯이 그렇게 나는 끝없이 갈라지는 시간과 공간의 환영 속에서 헤매고 있다. 나는 부에노스아이레스의 보라색 꽃에 취해 길 위에 멈춰선 채 웃고 있지만, 또다른 시간의 갈래 속에서 보라색 입술의 여인과 탱고를 추며 사랑을 나누고 있는 것이다.

부에노스아이레스, 아르헨티나

물과 시간으로 만들어진 강을 보고

시간은 또다른 강임을 기억하라

우리들은 강물처럼 시작되고

우리 얼굴은 강물처럼 흘러간다

깨어 있다는 것은 또다른 꿈이며

꿈을 꾸고 있지 않다는 꿈이다

우리의 육신이 두려워하는 죽음은

밤마다 찾아오는 꿈이라 생각하라

— 보르헤스, 〈시학〉 중에서

    뜻하지 않았던 하까란다의 보랏빛 매력은 탱고에 대한 나의 설렘을 더욱 부채질했다. 그래서 숙소에 짐을 풀자마자 택시를 타고 보카(Boca)로 달려갔다. 보카는 아프리카 흑인 노예들, 쿠바 선원들 그리고 19세기 말 전쟁으로 인해 삶의 터전을 잃어버린 유럽의 이민자들이 만든 작고 가난한 항구 도시다. 이곳은 그들의 고단한 삶과 짙은 향수가 뒤섞인 채 쓸모 없이 버려진 항구만큼이나 서글픈 지역이었다. 그래서 보카에는 아픔을 잊고 그리움을 달래기 위한 술과 노래 그리고 춤이 필요했다. 즉 흑인 노예들의 경쾌하고 즉흥적인 칸돔베, 쿠바 선원들처럼 술에 취한 듯 느리고 슬픈 템포의 하바네라, 아르헨티나의 목동들과 유럽의 이민자들이 기타에 맞춰 즉흥적으로 부르는 플라야다스가 어우러져 탱고를 만들어낸 것이다. 그래서 탱고는 보카의 눈물과 가난 그리고 뜨거운 사랑을 노래한다.

그러나 지금의 보카는 많이 변했다. 삶에 찌든 우울함은 어디론가 사라졌고, 부둣가의 노동자들이 밤이면 기어들었던 선술집도 보이지 않는다. 오히려 쓰러질 듯 힘겹게 서 있던 그네들의 판잣집은 화장한 여인처럼 화려하게 변신했고 초라한 선술집 자리에는 노천카페와 탱고를 파는 가게들만 환하게 불을 밝히고 있다. 특히 가난한 어민들이 모여 살던 아주 작고 조용한 골목 마을인 보카의 심장, 카미니토의 배고픔과 설움도 이제는 카페에서 흘러나오는 노래 가사나 화가들의 캔버스 위에만 남아 있다.

하지만 보카의 탱고만은 고달프게 살아 있다. 버려진 부둣가 위로 어둠이 내리자 카를로스 가르델의 노래와 반도네온의 선율이 슬프게 흐르고 어설픈 가설무대 위에서는 탱고가 넘실대기 시작한다. 구경꾼들 역시 옆 사람들의 손과 허리를 잡고 상대의 눈빛을 좇아 자유롭게 발을 옮기며 탱고를 춘다. 특별히 춤을 배우지 않아도 상대방을 갈구하는 눈빛과 조금의 용기만 있다면 누구든 즐길 수 있는 것이 탱고라는 것을 그들의 몸짓은 말하고 있다. 비록 정열적이고 에로틱한 탱고는 출 수 없을지라도 주민들의 가난한 삶을 보듬어주고 노년의 쓸쓸함을 위로해주기에는 부족함이 없어 보인다. 그렇게 보카의 탱고는 조금씩 늙어가고 있다.

내 사랑하는 부에노스아이레스

너를 다시 보는 날

더이상의 고통과 망각이 없으리

내가 태어난 거리의 작은 가로등은

내 사랑의 언약을 지켜보았지

그 희미한 불빛 아래서

태양처럼 눈부신 나의 여인을 보았네

오늘 너를 다시 보게 될 행운을 맞았지

일편단심 사랑하는 항구 도시를

가슴속에 맺힌 한을 털어놓으려는

반도네온의 탄식이 들리네

꽃이 만발한 땅, 나의 부에노스아이레스

이곳에서 나의 삶을 마치려네

너에게 보호받으면 환멸이 없고

세월이 유수 같고, 고통을 잊는다네

— 카를로스 가르델, 〈내 사랑하는 부에노스아이레스〉 중에서

그녀는 하이힐에 힘겹게 매달려 살아가는 시든 장미였다

공연이 끝나고 카미니토에 짙은 밤이 깔리기 시작하자 파스텔
톤의 화려했던 골목들이 가로등 불빛에 쓸쓸히 젖어갔다. 니체의

표현처럼 흐리고 불그스름한 거리의 불빛들은 피곤한 듯 마지못해 밤에 저항하는 초조한 노예처럼 보였다. 하지만 카페의 조명들만은 화장한 여인의 눈처럼 깜박거렸고, 반도네온의 서글픈 음악은 작은 별들이 듬성듬성 밤하늘에 돋아나듯 골목 여기저기에서 피어나기 시작했다.

　　반도네온의 슬픈 노래가 스며든 밤, 골목에서 중년의 땅게라[탱고 춤을 추는 여인]들이 들꽃이 피어나듯 하나둘 길가로 나온다. 그리고 그녀들은 나그네들에게 손을 내밀기 시작한다. 낯선 남자, 특히 여행자들에게 탱고를 선보이며 자신의 손과 허리를 내맡긴다. 땅게라는 잠깐 동안 땅게로[탱고 춤을 추는 남성]가 된다. 그녀들은 순식간에 낯선 남자들의 몸과 영혼 그리고 호흡을 빼앗는다. 나 역시 빨간 립스틱의 유혹을 견딜 수 없어 배낭을 내려놓고 그녀에게 모든 것을 맡겼다. 3분, 그 짧고도 영원한 시간이 어설프게, 유쾌하게, 그리고 본능적으로 그녀와 나를 하나로 만들었다. 그 어느 순간보다 황홀한, 갈라진 또다른 시간 위의 나였다. 낯선 거리에서의 낯선 여인과의 춤 그리고 사랑. 이것은 꿈에서조차 꿈꾸지 못한 우연의 욕망이었다. 3분, 5달러의 탱고.

영화 〈여인의 향기〉에서 시력을 잃은 퇴역장교 프랭크는 나비가 아름다운 꽃을 찾아가듯, 레스토랑에서 젊고 매력적인 여인에게 빨려들어간다. 그리고 탱고를 통해 그녀와 하나가 되고픈 욕망을 드러낸다. 하지만 백합같이 순수한 그녀는 탱고가 두렵기만 했다. 그때 프랭크는 이렇게 말한다.

"탱고는 실수할 게 없습니다. 인생과는 달리 아주 단순합니다. 탱고는 정말 멋집니다. 만일 실수를 한다면 스텝이 엉킬 것이고, 그게 바로 탱고거든요."

빛을 잃은 프랭크에게는 향기로운 여인과의 탱고가 어둠을 밝힐 수 있는 빛 그 자체였다. 그래서 탱고를 통해 자신이 아직 살아있다는 존재감을 확인할 수 있었을 것이다. 낯선 곳에서 낯선 사람과의 춤, 탱고가 꺼져가는 생명에 온기를 불어넣은 것이다, 프랭크에게, 그리고 나에게…….

하지만 오늘 나와 탱고를 춘 여인의 모습은 그렇게 아름다워 보이지 않았다. 내면에 잠재된 자신의 욕망과 사랑을 끌어올리는 춤이 아니라 생계를 위해 낯선 이에게 억지로 스텝을 맞추고 인위적으로 웃음을 지어야 하는 슬프고 고단한 몸짓에 불과해 보였다. 늦은 밤 길거리에서 사랑을 구걸하고 육체를 파는 창녀들의 모습과 그녀는 닮아 있었다. 그 옛날 지친 육신을 달래기 위해, 자신들의 가난한 욕망을 위로하기 위해, 서로의 아픔을 보듬기 위해 추었던 춤이 이제는 생계의 수단으로 전락해버린 것이다. 삶의 유일한 안식처였던 탱고가 빛을 잃고 어두운 골목을 헤매고 있는 모습이 애잔하기까지 하다.

"인간의 몸은 인간의 영혼을 보여주는 최고의 그림이다."
— 루드비히 비트겐슈타인

비트겐슈타인의 이런 옹호에도 불구하고, 그녀들의 춤추는 몸은 아름다움을 상실한 채 가냘픈 하이힐에 힘겹게 매달려 살아가는 시든 장미였다.

멀리서 온 사람처럼 지평선 밖에서 내 앞에 불쑥 나타난 여인

오늘은 숩떼를 타고 부에노스아이레스의 여기저기를 헤매고 다넜다. 숩떼는 부에노스아이레스의 숨겨진 매력 중의 하나이다. 라틴아메리카의 가장 오래된 전철답게 객차는 나무로 만들어져 있다. 외딴 산골 마을에서나 볼 수 있을 법한 흔들리는 백열등 조명, 우리네 미닫이를 닮은 수동식 개폐문, 곡선 구간에서는 달구지가 금방이라도 부서질 것처럼 삐걱거리는 소리……. 느릿느릿 기어가는 숩떼는 아직 19세기를 달리고 있었다. 승객들 역시 숩떼를 닮아 여유롭고 따뜻해 보였다. 그네들의 모습에서 덜컹거리는 버스를 타고 5일장을 보러 가는 우리 시골 아낙들의 모습이 보였다. 나는 낯선 동양인에 대한 꼬마 승객들의 호기심 어린 시선을 즐기며 오랜 시간 동안 숩떼 안에 머물렀다. 그렇게 한낮의 여유를 즐기며 나는 산 델모 거리를 찾아갔다.

내가 산 델모 거리를 찾은 건 탱고 레스토랑 라벤타나 때문이다. 한낮의 산 델모 거리는 가난한 예술가들의 낙원처럼 보였지만, 그들이 떠나간 거리는 스산함과 공허함만이 남아 있었다. 하지만 밤이 되자 다시 탱고를 즐기려는 사람들로 거리는 뜨겁게 되살아났다. 밤 열시, 라벤타나의 탱고 공연이 시작됐다. 나는 레드와인으로 눈과 가슴을 붉게 만들고, 한 장면이라도 놓치지 않기 위해 무대 위로 시선을 고정시켰다.

그런데 화려한 무대 위에서 가장 먼저 나의 시선을 사로잡은 것은 탱고가 아닌 백발의 연주자들이었다. 그들의 음악은 탱고보다 매력적이었다. 특히 반도네온의 선율은 파도의 영혼이었다. 고단한

부에노스아이레스, 아르헨티나

인생 여정을 슬프게 어루만지다가도 사랑에 미쳐버린 젊은 영혼의 피를 토해내곤 했다. 사랑하는 사람에게 버려진 후의 눈물, 가질 수 없는 것에 대한 욕망, 가난에 대한 연민, 아름다웠던 날들의 향수가 반도네온의 선율을 타고 나의 가슴 속으로 끝없이 밀려들어왔다. '아! 지금까지 어떤 술이, 어떤 음악이, 어떤 예술이 나를 이렇게 취하게 만든 적이 있었던가?' 그 어떤 것도 반도네온의 선율만큼 나의 영혼을 취하게 만들지는 못했다. 탱고는 춤이 아닌 영혼을 울리는 음악이다.

네 장미 나무들의 장미꽃들이

더 아름답게 피어날 때

나는 사랑을 기억하리라

그리고 깨달으리라

내 깊은 곳의 아픔을

우리들 사이에는

그 황홀케 하는 시는 남아 있지 않다

내 슬픈 이별로

내 아픈 상처의

감동을 느끼리라

— 프란시스코 카나로, 〈시〉(poema)

드디어 탱고가 시작됐다. 남자의 다리 사이로 여인의 다리는 들어간 듯 빠져나온다. 이내 여인의 다리는 허공을 날아오르고 다시 지상으로 내려앉는다. 하지만 가까워 보였던 두 사람의 다리는 다시 양극의 정점을 향해 외면하듯 멀어진다. 그렇지만 멀어졌던 여인의 다리는 이내 남자의 몸을 뜨겁게 휘감는다.

　탱고. 이 춤은 누가 누구를, 그리고 무엇을 지배하려는 것일까? 여성이 주인이다. 여성이 남성의 영혼을 자유자재로 해체한다. 여인의 다리가 남자의 다리 사이를 지배할 때, 남자의 가슴은 무엇으로도 끌 수 없는 불꽃이 된다. 하지만 남성을 외면하며 환상의 세계로 멀리 발을 옮기는 여인의 몸짓으로 인해 남자의 눈동자는 괴롭게 흔들린다.

"멀리서 온 사람처럼 지평선 밖에서, 내 앞에 불쑥 나타난 여인"

— 모리스 블랑스

　하지만 여인의 낭만적 일탈도 남자의 세계로부터 벗어날 수는 없다. 여인의 가냘픈 두 다리는 남성의 손을 잡았을 때만 자유롭고 매혹적인 육체로 살아갈 수 있다. 그래서 남성은 외형적인 힘, 두 손으로 여성을 지배할 수 있다는 착각 속에서 버려짐에 대한 두려움을 극복하게 된다. 반면, 여성은 성적 매력 혹은 모성적 부드러움으로 남성의 영혼을 그들 속에 가둘 수 있다는 환상에 젖어든다. 결국 사랑은 서로 간의 모순적 인식과 가까워질 듯 가까워질 수 없는 운명적 거리감이 만들어가는 것이다. 탱고가 서로의 손을 잡고도 하나가 될 수 없는 것처럼 말이다.

탱고는 삶의 전부인 사랑을 '하나의 가슴 네 개의 다리'로 말하는 육체의 언어다. 밀착된, 하지만 영원히 붙을 수 없는 가슴은 인간의 채울 수 없는 욕망을 말하고, 쉴새없이 상대를 유혹하지만 엇갈림만 존재하는 네 개의 다리는 인간의 헛된 망상적 행위를 여실히 보여준다. 카를로스 사우라 감독의 아르헨티나 영화 〈탱고〉에서 중견감독 역의 마리오는 젊고 아름다운 탱고 무용수 앨레나에게 자신의 사랑을 고백한다.

"육신이 쇠약해질수록 정신은 더 왕성해지는데 이럴 땐 어떻게 해야 하나? 젊은이들처럼 살면 왜 흉해 보이는 걸까?"

그는 자신의 육체는 늙어가지만 사랑의 욕망은 더 젊어지고 뜨거워진다는 사실을 애원하듯 그녀에게 쏟아낸다. 이처럼 우리의 인생은 육신과 정신의 엇갈림 속에서 눈물을 흘린다. 아! 모순된 인생과 사랑이여, 슬프도록 아름다운 탱고여.

박수소리와 함께 탱고는 막을 내렸고, 밤비는 부슬부슬 거리를 적셨다.

탱고, 하나를 향한 뜨거운 몸짓

4
탯줄, 지울 수 없는 흔적

마추픽추, 페루

*

산다는 게 지긋지긋할 때가 있다

　나른한 봄날 오후. 나는 소파에 앉아 텔레비전 리모컨을 만지작거리며 하루를 보내고 있었다. 그때 우연히 잉카 문명의 공중도시, 마추픽추를 보게 되었다. 그 후 마추픽추는 거역할 수 없는 운명처럼 나의 가슴속 깊은 곳에 새겨졌다. 그리고 3년의 시간이 흘렀다. 삶의 막다른 골목에 멈춰선 나는 불쑥 배낭을 꾸렸다. 그리고 페루행 비행기에 올랐다.

　나는 마추픽추가 어떤 곳인지도 모르는 채 마치 소풍 가는 아이처럼 그렇게 떠났다. 우연이었을까? 떠나기 며칠 전 나는 남미의 시인 파블로 네루다를 만났다. 그리고 그의 시 〈산책〉에서 내가 떠나야 할 이유를 찾았다.

> 산다는 게 지긋지긋할 때가 있다
>
> 어깨를 축 늘어뜨리고, 무감각하게
>
> 양복점이나 영화관에 들어갈 때가 있다
>
> 이발소의 냄새는 나를 소리쳐 울게 한다
>
> 난 오직 돌이나 양털의 휴식을 원할 뿐
>
> 다만 건물도, 정원도, 상품도, 안경도, 승강기도
>
> 눈에 띄지 않았으면 좋겠다
>
> 내 발이, 내 손톱이, 내 머리칼이, 내 그림자가
>
> 꼴 보기 싫을 때가 있다
>
> 산다는 게 지긋지긋할 때가 있다
>
> — 파블로 네루다, 〈산책〉 중에서

마추픽추로 가는 길은 오랜 잉카의 역사만큼 멀고도 험했다. 하지만 나는 즐거웠고 또 즐거웠다. 흙먼지 길의 낡음이, 구불거림이, 잉카를 잉태한 돌들이, 순박한 여인들이, 헐떡거리며 매달려 있는 산비탈의 집들이, 내가 바란 그대로 거기 있었기 때문이다.

마추픽추로 가기 위한 첫 관문인 쿠스코 공항도 나의 기대감을 저버리지 않았다. 공항을 품고 있는 얕고 황량한 비탈의 산들과 그 위에 얹혀 있는 작은 흙집들은 낡은 흑백사진처럼 나를 미소 짓게

했다. 그리고 짙푸른 공기는 나의 심장을 파랗게 물들였고, 일상에 지쳐 있던 나의 핏줄들을 생선처럼 파닥거리게 만들었다.

나는 쿠스코의 '초라한 현재'에서 천천히 마추픽추의 '화려한 과거'로 들어가고 있다. 쿠스코는 슬프다. 거리 어디에서도 화려했던 태양신의 흔적은 남아 있지 않다. 보이는 것은 오직 가난에 찌든 후손들과 낡은 도시들뿐이다. 먼지의 무게조차 힘거워하고 있는, 그래서 금방이라도 무너질 것만 같은 집들과 가난한 사람들이 그렇게 뒤엉켜 있다. 푸른 하늘은 손에 닿을 듯 낮게 내려와 있지만 도시의 회색빛은 구멍가게 앞에서 졸고 있는 노인처럼 우울하다. 하지만 길은 살아 있다. 마추픽추로 향하는 그 길은 좁게 그리고 끈질기게 이어져 있다. 그 길만이 허물어져 가는 그들의 삶을 어머니의 탯줄처럼 지켜주고 있는 듯 보인다.

우리 모두는 탯줄의 흔적을 안고 산다. 탯줄은 어머니의 과거를 우리에게 고스란히 전해주는 오래 된 길이다. 그래서 우리의 핏속에는 어머니의 과거가 강물처럼 흐르고 있다. 우리가 성장한다는 것은 온몸으로 뻗어가는 핏줄이 더 많아진다는 것을 의미하며, 동시에 더 많은 어머니들의 과거들이 내 속에서 잉태되고 있음을 말해주는 것이다. 그래서 우리는 나이가 들수록 어머니를 더 그리워하며 어머니의 품으로 돌아가려 한다. 연어가 물살을 거슬러 고향으로 되돌아오듯 우리는 끊어진 탯줄을 찾아, 편안했던 어머니의 자궁 속으로 돌아가기 위해 현재와 끊임없이 투쟁한다. 쿠스코도 마찬가지다. 그들 역시 자신들의 허물어진 현실의 삶보다 어머니가 잠든 마추픽추로 향하는 길을 더 사랑하고 있었다.

우리가 과거의 시간으로 돌아간다는 것은 결코 쉬운 일이 아니다. 우리가 할 수 있는 것은 고작해야 과거의 모습이 담긴 사진을 보거나, 과거의 체험을 공유하고 있는 사람들을 만나거나, 과거에 머물렀던 공간 위에 다시 서거나 하는 것이 전부일 것이다. 하지만 이런 경우는 나의 감각과 이성이 과거의 시간을 재구성하는 것에 불과할 뿐, 진정 과거로 돌아간 것은 아니다. 그렇다면 우리는 어떻게 과거로 돌아갈 수 있을까? 그것은 현재의 시간에서 벗어나 다른 시간의 궤적으로 들어갈 때만이 가능하다. 하지만 그것 역시 만만치 않은 일이다. 그래서일까? 마추픽추를 찾아가는 길 역시 쉽지 않다. 특히 여러 세기를 뛰어 넘어 낯선 이가 찾아가는 그들의 과거는 쉽게 허락되지 않고 있다.

고산병, 이것은 분명 과거의 시간으로 들어가기 위해 낯선 이가 반드시 겪어야 하는 육체적 통과의례일 것이다. 해발 4,000미터의 산등성이를 미니버스가 힘겹게 기어오를수록 나의 창자는 뒤틀려 간다. 숨은 점점 말라가고 피가 몰린 머리는 금방이라도 터질 듯이 부풀어오른다.

"젊은이, 천천히 심호흡을 해보게. 여기는 산소가 부족하니까 산소를 아껴야 하네. 한 번 들이마신 산소는 온몸에 골고루 나눠져야지 금방 뱉어버리면 안 되네. 여기서는 돈보다 중요한 게 공기야."

"예, 감사합니다."

나의 인사가 끝나자 옆 좌석의 노인은 한마디를 덧붙인다.

"우리가 잉카의 신전에 무사히 도착하기 위해서는 자네가 가지고 있는 것들을 모두 버려야 하네. 그것들은 너무 무거워. 모두 짐일 뿐이지. 우리에겐 아주 가벼운 이 공기만 있으면 된다네."

말을 마친 노인의 얼굴은 너무도 편안해 보였다.

미니버스가 고개의 정상으로 올라갈수록 두통은 점점 심해져갔다. 그리고 참았던 구토가 시작되었다. 내 몸 속 깊은 곳에 남아 있던 찌꺼기들까지 요동치며 올라온다. 그런데 이상하게도 구토가 심하면 심할수록 두통은 오히려 사라지고 있다. 아마도 비워진 육체에는 적은 양의 산소만이 필요했을 것이며 그것도 충분히 많은 것이 될 수 있었기 때문이리라. 따라서 나머지 산소는 모두 머리를 향해 올라갔고, 그렇게 나의 머리는 조금씩 맑아지기 시작했다. 찌꺼기를 비워내는 것, 그것이 필요했던 것이다. 아마도 구토를 하지 않았다면, 나는 두통에 견디지 못해 다시 쿠스코로 돌아가야만 했을 것이다. 하지만 구토를 동반한 고산병이 오히려 나의 정신과 육체를 가볍게 만들어주었다. 그리고 나를 태양신 곁으로 무사히 데려다주었다.

맞추픽추 행 산악기차의 출발지이자 이 미니버스의 종착지인 오얀타이 탐보까지는 이곳에서 40여 분을 더 달려야 한다. 고개의 정상쯤 도착하자 하얀 만년설 사이로 노을이 붉어지기 시작했다.

마추픽추의 수수께끼가 녹아 있는 듯, 태양신이 잠들어 있는 듯, 신비롭기만 하다. 고산병에 지친 승객들도 만년설과 노을의 아름다운 모습에 기운을 되찾아가고 있다. 이제부터는 내리막길이다.

"모두들 땅콩 드세요. 제가 쿠스코 시장에서 산 겁니다. 쿠스코 지방의 명물이지요. 이걸 먹어야 마추픽추에 무사히 도착할 수 있습니다."

얼굴이 검게 그을린 젊은 운전수는 승객들 모두에게 땅콩을 나누어주며 정상에서 잠시 쉬어간다고 했다. 정상은 해발 4,000미터 고지로 나무 한 그루 없는 황무지다. 만년설과 노을 사이로 버스가 다시 달리기 시작한다. 노을이 사라지고 만년설이 시야에서 멀어질 즈음 어둠이 내려오기 시작했고, 보이는 것은 가늘게 이어진 검은 길뿐이었다.

이 길은 너무나 고독하다. 간혹 지나가는 자동차 불빛과 하늘에 떠있는 별빛만이 이 길을 위로하고 있을 뿐……. 그 흔한 가로수도 하나 없다. 하지만 길은 아름답다. 그리고 매력적이다. 팽팽한 두 줄기 사이를 가르는 노란 빛, 여인의 허리와 엉덩이 곡선을 닮은 부드러움, 시간과 시간을 연결하는 연속성, 길은 그렇게 자신을 드러내고 있었다. 마치 안데스의 심줄처럼 고원의 대지와 밤을 지배하듯이 당당히 걸어가고 있었다.

도시에는 길이 없다. 자동차와 사람들 그리고 건물들이 길을 삼켜버렸기 때문이다. 목적지만 있을 뿐 길은 없다. 사람들은 길을 보지 않으며 생각하지도 않는다. 그리고 그들은 자동차 안에만 있을 뿐 길 위에 머물지 않는다. 길은 점점 더 길어지고 넓어지지만, 두 발로 걸으며 자신의 과거로 침잠할 수 있는 느린 길은 어디에도 없다. 구불구불 굽은 길이 없다. 오로지 빠른 길, 직선으로 뻗은 길, 미래로 달리는 고속도로만 존재할 뿐. 나락으로 떨어지는 길들만 모세혈관처럼 도시 구석구석 가지를 뻗고 있다. 결국 우리가 여행을 떠나는 것은 이런 도시의 길에서 벗어나 곡선의 길 위를 느리게 걷기 위함이리라.

밤길이 끝나는 곳에 반짝이는 불빛들이 보인다. 마치 은하수 속으로 검은 길이 빨려 들어가듯 그렇게 길은 끝이 나고 있었다. 밤 아홉시. 오얀타이 탐보에 도착했다. 이런 오지에도 삶은 한 무더기의 하얀 들꽃처럼 피어 있었다. 나는 고산병의 상처와 여행의 고단함을 내려놓고 풀벌레 소리를 벗 삼아 들꽃의 꿈속으로 들어갔다.

그대들이 지나갔던 것처럼 나도 지나가며 살 뿐이다

아침 공기가 차고 맑다. 구름은 집들 사이로 몰려다니며 당장이라도 비를 뿌릴 듯 무거워 보인다. 구름 사이로 얼굴을 내미는 이 작은 마을은 아기처럼 아담하다. 둥근 엄마의 젖가슴을 닮은 산봉우리들이 마을을 품고 있다.

'아! 깊게 들어왔구나.'

마추픽추의 비밀 속으로 한 걸음 더 다가선 것이 분명하다. 끝난 줄만 알았던 어제의 길도 마추픽추를 향해 다시 두 갈래로 뻗어 있었다. 하나는 자연의 맨살을 드러낸 원초적 산길이고, 다른 하나는 편리성이 깔려 있는 산악 철길이다. 나는 선택해야 한다. 인생이 늘 그렇듯 선택은 어려운 것이며 후회를 동반하는 법이다. 나흘 동안의 산악 트래킹과 세 시간 동안의 짧은 산악열차. 무엇을 선택하든 나는 마추픽추에 도착할 것이며, 선택하지 않은 길에 대한 후회를 피할 수는 없을 것이다. '그래, 고민하지 말자. 춥고, 힘들고, 고독한 산악 트래킹이 나에게 더 어울린다고, 그 길이 내가 지금까지 걸어왔던 길과 다르지 않다고 가슴이 말하고 있지 않은가!'

　나는 초등학교 시절 산을 넘어 학교를 다녀야 했다. 4킬로미터의 산길을 외롭게 때로는 즐겁게 걸어야 했다. 그 때부터 걷는 게 좋았고, 타는 건 불편했다. 친구들이 자전거를 샀을 때도 나에게 자전거는 없었다. 그저 걷거나 혹은 뛰어야 했다. 그러면서 들꽃의 미소를, 개울의 재잘거림을, 솔바람의 간지럼을 살갗 깊숙이 받아들였다. 그렇게 산길과 나는 하나였다.

　하지만 나의 꿈, 원초적 길과의 만남은 한순간에 깨지고 말았다. 마추픽추 행 산악 트래킹은 팀으로만 움직일 수 있으며 혼자서는 허락되지 않는다는 것이다. 그렇다고 지금 당장 팀을 구성할 수도 없었다. 페루 정부에서 허락하는 트래킹 팀이 몇 개월 전부터 마감된 상태여서 지금은 신청조차 받지 않고 있기 때문이다. 하는수없이

나는 산악열차에 올랐다. 하지만 산악열차도 나름의 매력을 충분히 가지고 있었다. 열차는 산비탈을 끼고, 높은 산봉우리들을 바라보며, 험한 바위를 뚫고 천천히 정상을 향해 달렸다. 특히 안데스 산맥의 하늘과 구름을 볼 수 있도록 만들어진 열차의 유리 지붕은 하늘을 날고 있다는 환상에 빠져들게 만들었다. 신비의 잉카 도시, 마추픽추에 너무나 쉽게 그리고 편안하게 도착할 수 있다는 슬픈 감정을 버린다면, 이 길은 분명 세상에서 가장 아름다운 산악 철길일 것이다.

이처럼 우리는 선택의 갈림길에서 자신의 의지와 상관없이 타자(사람이거나 혹은 환경)에 의해 결정된 길을 걸어야 할 때가 더 많다. 아니 삶의 길은 타자의 결정이 전부일지도 모르겠다. 이곳에 도착하기까지의 과정을 조금만 들여다보아도 나의 주체적 선택은 거의 없었다. 페루까지의 비행기 노선, 출발과 도착시각, 쿠스코에서 마추픽추까지의 미니버스로의 이동 길 중에서 어느 것 하나도 내 선택을 필요로 하지 않았다. 결국 한 개인이 자신의 의지와 신념으로 선택할 수 있는 길은 어디에도 없다. 권력의 범주 안에서, 이미 정해진 사실 안에서 우리는 고뇌할 뿐이다. 우리가 탯줄을 따라 어머니의 자궁 속으로 돌아가는 것이 거역할 수 없는 운명이듯이, 오늘 내가 마추픽추를 오르는 것도 누군가의 부름이리라.

드디어 마추픽추 정상. 신비롭고 아름답다. 하지만 놀라움의 감정보다 더 강하게 나를 이끄는 것은 편안함이다. 나도 모를 이곳과

의 친숙함에 나 자신도 놀랄 뿐이다.

"여자의 육체, 하얀 구릉, 눈부신 허벅지, 몸을 내맡기는 그의 자태는
세상을 닮았구나......."
— 네루다, 〈사랑의 시〉 중에서

네루다의 시처럼 이곳은 어머니의 자궁을, 여인의 따뜻한 가슴
을 닮았다. 그리고 높이 솟아있는 주변 산봉우리들과 흐르지 않고
멈춰선 구름들은 이곳을 세상으로부터 지켜내려는 남자들 같다. 그
리고 굽이굽이 흘러 내려가는 우르밤바 강은 잉카의 탯줄임이 분명
해 보인다. 나는 태양신을 모시고 있는 가장 높은 봉우리, 우아이나
픽추를 한참 동안 바라보았다. 자식들을 위해 추운 겨울 새벽에도
보름달을 향해 기도하던 어머니의 간절한 두 손이 떠올랐기 때문이
다.

"모성적인 것에서 빌려온 것을 보존하지 않는 사랑의 대상은 존재하
지 않는다."
— 프로이트

프로이트의 말처럼 나는 모성적인 것을 찾아 이곳, 마추픽추에
왔다. 잃어버렸던 어머니의 따뜻한 젖가슴을 찾아 이곳에 온 것이다.

마추픽추, 페루

모든 것들은 지나간다. 하지만 그것들이 영원히 사라지는 것은 아니다. 마추픽추에 살던 여인들과 신들은 과거의 시간 속으로 떠나버렸지만 그들의 영혼은 이곳을 찾는 사람들의 시간 속에서 다시 태어난다. 현재의 시간 그리고 현재의 이곳은 나를 잉태한 어머니의 과거일 뿐 그 이상도 그 이하도 아니다.

지나간 시간들이여 운명한 자들이여 나를 형성한 신들이여
그대들이 지나갔던 것처럼 나는 지나가며 살 뿐이다
저 빈 미래로부터 눈을 돌려
나는 내 안에서 저 과거 전체가 커가는 것을 본다
아직 존재하지 않는 것 밖에는 없는 아무것도 죽지 않는다
빛나는 과거 곁에서 내일은 색깔이 없다
그것은 노력과 효과를 동시에 완성하고
나타내는 것 곁에서 형체마저 없다

— 기욤 아폴리네르, 《알코올》 중 〈행렬〉

달, 그 우울함에 관하여 ─ 브라쇼브, 루마니아
눈, 그 뜨거움에 관하여 ─ 상트페테르부르크, 러시아
안개, 그 사라짐에 관하여 ─ 사파, 베트남

2부

사랑,
그 가난함에 관하여

1
달, 그 우울함에 관하여

브라쇼브, 루마니아

*

지금 이 순간, 나는 아프다

우리의 밤은 죽었다. 밤의 낭만과 추억도 함께 우리 곁을 떠나갔다. 우리의 밤은 낮의 종점, 끝이 없는 낮의 연장선 위에서 울고 있다. 현실을 벗어던진 나만의 꿈, 감성이 꽃처럼 자라는 광기의 시간이 살아 움직이는, 그런 밤은 더이상 허락되지 않는다. 아, 얼마나 슬픈 일인가? 아름답게, 감성적으로 미칠 수 있는 시간이 우리 곁에 없다는 것. 우리는 밤의 은밀함과 그것이 주는 멜랑콜리를 찾기 위해 이곳에 왔는지도 모르겠다. 밤이 어둠으로 생생하게 살아 있는 곳, 별과 달이 밤을 지배하는 이곳, 루마니아의 작은 도시, 브라쇼브의 밤으로 나는 미풍처럼 들어왔다. 저 달이 나를 오롯이 비추고 있는 한, 나는 낯선 도시의 어둠과 시간 속에서 은밀함과 광기를 다시 만나볼 수 있을 것만 같다.

나는 브라쇼브에 저녁 늦게 도착했다. 중세의 시간이 그대로 멈춰 서 있는 것 같은 도시, 산 속에 둘러싸인 작은 마을은 저녁 6시가 되기도 전에, 밤이 내려앉았다. 겨울이라 밤이 일찍 찾아온 것 같았다.

하지만 밤을 이렇게 선명하게 지각해본 것은 정말 오랜만이다. 도시에서의 밤은 감각될 수 있는 것이 아니었다. 시계나 혹은 일이 끝나는 지점이 밤이었을 뿐, 칠흑 같은 어둠이나 별 혹은 달이 우리에게 밤을 전달해주지는 않았다. 하지만 여기는 다르다. 좁은 골목들이 나뭇잎의 물길처럼 조용히 뻗어 어둠을 받아들이고, 그 흔한 가로등도 거의 찾아보기 힘들며, 그 마저 있는 작은 가로등도 이미 잠들어버렸다. 밤이 생생하게 살아 있다. 고독한 자들에게만 보이는 밤의 연인, 보름달이 누군가를 기다리는 듯, 큰 눈을 뜨고 나를 반기고 있다. 정말 밝다. 슬프도록 하얗다. 그녀가 가슴의 문을 밀고 들어온다. "순수한 시간, 사건과 존재와 사물에서 벗어난 해맑은 시간은 밤의 어떤 순간들에만 모습을 드러낸다. 그때 오직 당신은 파국으로 끌어가려는 그 순간이 다가오고 있음을 느낄 것이다"라는 에밀 시오랑의 말이 옳은 것 같다. 아마도 태어남 자체를 고통스러워했던 시오랑에게는 밤의 어둠이 주는 고독과 보름달의 서글픔이 오늘처럼 그의 벗이 되어주었으리라. 그래서 그는 삶을 살아낼 수

브라쇼브, 루마니아

있었을 것이리라. 나의 삶이 그랬듯이.

나는 보름달을 지도 삼아, 오랜 시간 동안 좁은 골목을 뒤지고 다녔다. 숙소는 쉽게 찾아지지 않았다. 아직 녹지 않은 겨울 추위와 변두리 마을, 그리고 이 어두운 밤이 낯선 여행객을 외면하고 있는 것처럼 느껴졌다. 대부분의 게스트하우스들은 문을 닫은 채 겨울잠에 들어 있었다. 나는 한참 후에야 겨우 인도풍의 작은 게스트하우스에 짐을 풀 수 있었다.

나의 방은 제일 꼭대기 층이었는데, 그곳은 아주 특별한 곳이었다. 경사진 지붕은 유리창으로 천정을 뚫어 밤하늘을 고스란히 받아들였다. 하얀 침대 위로 달빛이 눈처럼 무섭게 쏟아져내렸다. 무엇을 보기 위해 이 먼 곳까지 온 건지 나는 모른다. 왜 이 도시여야 하는지의 특별한 목적도 없었다. 그냥 바람처럼 프로펠러형 낡은 경비행기를 잡아타고 무작정 날아온 곳이 이곳이다. 낡은 비행기의 역겨운 기름 냄새를 몇 시간 맡는 동안 속은 뒤집혔고, 카르파티아 산맥을 넘어오면서 종이비행기처럼 마냥 흔들렸던 공포도 아직 남아 있다.

하지만 그런 고통들이 지금 다 무슨 소용이란 말인가, 나의 침대 위로 하얗게 쏟아져내리는 저 달빛이 있는데! 황홀하다. 그리고 공포스럽다. 낯선 방 안을 가득 메우는 저 달빛이, 너무도 투명한 나머지 나의 욕망들을 광기로 물들일 것만 같다. 나는 짐을 풀면서 나의 이성도 함께 풀어놓았다. 나의 낮을 침대 위에 재우고 나의 본능적 감각은 보름달을 가슴 깊게 품었다. 분명 오늘 밤은 아픈 추억이, 그리고 억눌렸던 감각들이, 나와 흥분된 춤을 출 수 있을 것 같다.

젊은 날, 우울로 몸살을 앓던 어느 날, 나는 한 권의 책을 집어들었다. 《지금 이 순간, 나는 아프다》. 이유도 없이 아픈 날들이 지속되면서 나는 누군가에게 위로 받고 싶었다. 하지만 누구에게도 나는, 나의 마음을 보이지 않았다. 어떤 마음을 보여야 하는지조차 몰랐기 때문이다. 하지만 이 책은 마치 깊은 산 속의 오래된, 작은 절간의 모습과 닮아 있었다. 누구든 들어와서 주인이 되어도 상관없다는 듯, 작은 울타리 하나 없는 그런 얼굴을 내게 당당히 내밀었다. 루마니아의 도시, 부쿠레시티의 작가, 에밀 시오랑. 나는 우울 속에서 나보다 더 깊은 고독에 빠져 있는 그의 가슴에 얼굴을 묻었다. 그런데 나는 그의 나라에서 그와 운명처럼 다시 만났다, 오늘 밤에.

> 우리가 잠을 잤던 밤들은 마치 없었던 것처럼 느껴진다. 오로지 눈 한
> 번 붙이지 못한 밤들만이 기억 속에 남아 있다. 우리에게 밤이란 뜬눈
> 으로 지샌 밤을 뜻한다.
>
> – 에밀 시오랑, 《지금 이 순간, 나는 아프다》

이곳으로 떠나오기 전, 나는 우연히 사주카페에 들렀다. 그때 처음으로 나의 운명은 '달'이었음을 알게 되었다. 그것도 아주 깊게 눈물을 머금은 달이었다. 한여름 밤의 바람을 품은 보름달이 '나'였던

것이다. 사주의 운명론에서, '달'은 우울과 고독이며 여성이다. 불안을 안고 미완성의 길을 걸어야 하는 운명인 것이다. 타로 카드의 18번(아카나)은 반달과 그 아래 서로 마주 보고 있는 두 마리의 개, 그리고 달 주위를 떠도는 이슬 등이 그려져 있다. 반쪽의 달은 반쪽을 감추고 있는 것으로 자신을 잘 드러내지 않는, 드러냄과 감춤을 동시에 품고 있는 이중적 삶의 기운이다. 조용하며 차가운 기운, 그것을 몸에 품고 주기적으로 찾아드는 고통을 인내하며 살아가야 하는 달인 것이다. 유대 신비교 경전《조하르》는 "인간이 세상에 나타나자마자 꽃들이 나타났다"고 말하고 있다. 정말 그럴 것이다. 아마도 그 꽃은 바로 저 보름달이 아닐까. 모든 것이 빛을 잃고 시들었어도 투명하게 그들을 감싸는 차갑고 부드러운 저 꽃, 저 보름달. 나의 사랑, 지상의 꽃은 늘 찢어지고 빛을 바래곤 했다. 그래서 가슴에서 끝없이 솟아올랐던 이상적 원형(보름달)에의 갈망은 나를 우울 속으로 밀어넣어버렸다. 아름다움과 완전함에 관한 환상, 그것이 나의 심장을 찌르는 장미의 가시였던 것이다.

너는 비애의 열정 속에서 쾌락을 찾아내
기뻐하며 눈물을 흘리고
헛된 불길로 상상력을 자극하고
가슴에는 말없는 고독을 품고 있구나
어수룩한 몽상가여, 너 참으로 사랑이 무언지 몰라

무서운 사랑의 광기가

너 우울의 감정이 엄습해

사랑의 독약이 네 피 속에서 끓어 넘치고

잠 안 오는 긴긴 밤에

우수가 침상 위의 너를 서서히 괴롭혀

기만적인 평화를 부르짖으며

슬픔 어린 눈을 감아도 소용없이

뜨거운 이불을 얼싸안고 흐느끼며

― 푸쉬킨, 〈몽상가에게〉 중에서

아무 조건없이 사랑에 눈멀게 하는…

오늘 밤은 잠 못들 것 같다. 나의 사랑도 달의 눈물이었다. 그녀
가 걸어온다. 그때처럼. 눈물이 가득 찬 나의 눈에는 그녀의 삶도 눈
물로 보일 뿐이었다.

그녀는 도스토예프스키 《백치》의 나타샤를 닮았다. 그녀의 하
얗고 예쁜 얼굴은 어두웠고, 그녀의 눈은 보름달처럼 눈물을 머금고
있었다. 그녀는 가난이라는 상황과 부모님의 이별이 자신의 미래라
는 생각에 갇혀 있었다. 우리는 다른 연인들처럼 영화를 보거나 커
피를 마시지 않았다. 사람이 많고 화려한 곳을 그녀는 좋아하지 않
았기 때문이다. 그래서 우리는 늘 시외버스를 탔다. 그리고 종점에

서 내렸다. 그곳이 어디인지는 중요하지 않았다. 그곳은 조용했고 누구도 우리의 침묵 여행을 방해하지 않았다. 우리는 조용한 길을, 반듯하지 않은 들길을 해가 질 때까지 걸었다. 종점 마을의 밤은 일찍 찾아왔다. 산들이 어둠의 그늘을 빨리 몰아왔기 때문이었으리라. 달이 뜨면 우리는 언제나처럼 돌아오는 마지막 버스에 올랐다. 덜컹거리며 졸린 듯 귀가하는 막차 안에는 달빛에 물든 그녀의 우울한 어깨와 그녀를 바라보는 나의 초라한 시선만이 유일한 손님이었다. 그녀는 보름달을 싫어했다. 창백한 모습이 자신을 닮아서 무섭다고 했다.

그래서일까, 나의 사랑은 달빛 속으로 사라졌다. 그녀도 보름달이 이울어 결국 사라지듯 나에게서 떠나갔다. 하지만 "그는 사는 데 필요한 모든 것을 나에게 남겨주었다. 내 피 속에 자신의 검은 카네이션과 자신의 꿈을"(안 마리드 바케르). 나는 밤이 되어도 커튼을 닫지 않는 버릇이 생겼다는 것을 오랜 시간이 지나서야 알게 되었다. 아마도 셰익스피어의 《한여름 밤의 꿈》에서 요정들이 갖고 있던 환상의 마법을 얻기 위함이었을 것이리라. 두 연인의 엇갈린 사랑의 비극을 달빛이 쏟아지는 환상의 숲 속에서 아름다움으로 매듭짓는 사랑, '아무 조건 없이 사랑에 눈멀게 하는' 숲속 요정들의 그 마법이 필요했던 것이다. "그대가 눈을 떴을 때 처음 보는 것을 그대의 진실한 사랑으로 받아들이게 되리."

나는 한동안 달빛과 그것이 빚어내는 몽상 속에서 그녀를 기다렸다. 나에게는 그 시간만이 현실이었고 유일한 믿음이었다. 달빛 몽상 속에서는, 짙은 어둠 속에서는 그녀를 어떤 감각보다 선명하게 바라볼 수 있었다. 하지만 그녀를 품기 위해서는 태양이 필요했다는 것을 나중에서야 알았다. 그녀를 편히 쉬게 할 수 있는, 눈을 감고 꿈을 꿀 수 있게 하는, 그녀의 눈물을 마르게 할 수 있는 태양. 하지만 나 역시도 '달'이었을 뿐이었다. 그녀와 나는 반쪽의 달처럼 늘 자신의 한 쪽을 어둠 속에 감추고 있었던 것이다. 결국, 나에게 그녀는 밤에만 만날 수 있는 감춰둔 나의 반쪽이었다.

나는 몇 년 전 파키스탄의 사막 위에서 만났던 한 소년이었다. 보이는 것은 온통 무표정한 돌산들과 그것들의 잔해로 보이는 회색 자갈과 모래들만이, 일찍 뜬 달을 반기는 파키스탄의 어느 사막을 미니버스로 달리고 있었다. 회색의 물체 위에 작은 노란 점이 멀리 보였다. '신기루인가, 아니면 내가 뭔가를 잘못 본 것인가?' 생각하는 사이에 그 물체는 버스와 점점 가까워지고 있었다. 신기루가 아니었다. 회색의 낡은 옷을 입은 소년이 지나가는 사람들에게 한 송이 꽃을 팔기 위해 서 있는 모습이었다. 하지만 버스는 쉽게 서지 않았고, 아무도 그의 노란 꽃에 관심을 두지 않았다. 소년의 노란 꽃은 모래와 흙먼지에 뒤덮여 회색으로 시들어가고 있었다. 버스와 사람들의 무관심 끝에서 노란 꽃은 버스의 속도만큼이나 빠르게 사막의 먼지가 되어 사라졌다. 아마도 저녁달이 자신의 자리를 찾아갈 때쯤, 소년도 집으로 돌아갈 것이다. 하지만 그 소년은 꽃을 팔기 위해서 내일도 그곳에 혼자 서 있을 것이다. 하지만 슬픈 건, 이 길을 지나는 사람들은 회색의 사막만큼이나 삶에 지쳐 있기 때문에 그 꽃을 볼 수 없으며, 본다고 해도 그것이 '꽃'으로 보이지 않는다는 점이다. 혹여 소년은 그것을 알고 있으면서도 매일 노란 꽃을 손에 들고 서 있는 것은 아닐까? 그렇다면 그 꽃은 무엇보다 간절한 기다림이다. 젊은 날, 나의 창가를 매일 찾아주었던 달처럼 말이다.

나는 복잡한 머리를 털어내기 위해 숙소 밖으로 나왔다. 어두운 밤거리를 무작정 걸었다. 보름달이 속살을 그대로 드러내 보일 수 있는 텅 빈 광장(스파툴루이)에서 나는 발걸음을 멈췄다. 광장은 매우 작았다. 그곳의 한 가운데는 달을 향해 오르려는 삼각형 조형물의 작은 분수가 있었다. 그리고 분수 주위는 둥근 물결이 퍼져나가듯 수많은 원형의 돌길들이 깔려 있었다. 아마도 이곳은 태양의 자리가 아닌가 싶었다. 저 달이 이 원형의 광장을 가득 비추고 있는 것은 사라진 태양, 영원히 함께 할 수 없는 반대쪽에 관한 목마른 갈망일 것이다. 물줄기(눈물)가 멈춘 원형의 분수대 옆에서 한 쌍의 연인이 '한겨울 밤의 꿈'인양 달콤한 키스를 하고 있다. 나는 그들의 사랑을 방해하고 싶지 않았다. 그녀에게 태양일 수 없었던 '나'를 그 자리에 남겨둔 채 보름달을 등지고 나는 다른 골목길로 걸음을 옮겼다. 추억과 눈물이 그림자처럼 나를 따라 걷고 있었다.

얼마 후 '스트라다 스포리(STRADA SFORI)'라고 적힌, 큐피드의

화살 같은 까만, 아주 작은 이정표가 나의 눈에 들어왔다. 나는 그곳으로 걸어들어갔다. 아주 좁은 골목이었다. 겨우 두 사람이 지나갈 수 있을 정도였다. 양팔을 뻗으니 양쪽 벽에 손끝이 닿았다. 하지만 조금 더 걸어들어가자 겨우 한 명이 지나갈 정도로 좁아졌다. 나중에 안 사실이지만 이 골목은 '연인'의 길이라 불린다고 한다. 그렇다면 사랑이란 둘이 몸을 부대끼며 나란히 걷다가 결국 나란히 걷지못하는 상황을 만나게 되고, 누군가의 등만 쳐다봐야 하는 길일지도모르겠다. 그게 아니라면, 한 사람이 나머지 한 사람을 등에 업고 힘들게 혹은 따뜻하게 하나가 되어 걸어야만 하는 것이 아닐까. 이 작은 골목에도 달빛은 환히 비추고 있다. 나는 그녀에게 따뜻하고 편안한 등을 내어주지 못했다. 그저 앞서가는 그녀의 쓸쓸한 등만 바라보았을 뿐. 그것이 내 사랑의 종착점이었다.

아마도 브라쇼브는 내게 어두운 밤과 달빛으로 추억될 것이다. 그리고 그녀에 관한 감각들로 잠들지 못한 낯선 도시로 기억될 것이다. 오늘 밤, 한 잔의 술에 달과 그녀를 담으리라. 그리고 이 밤을 뜬눈으로 지새우리라. '현세의 생명은 짧은 유희, 한 순간의 장난에 지나지 않는다. 현세는 내세에 이르기 전 마지막 거처'라는 이슬람 경전의 말처럼.

"어두운 밤을 생각해. 더욱 많이 생각할수록, 옛사람들과 더 많은 대화를 나누게 될 거야. 처음에는 당신이 이해할 수 없는 방법으로 말을

걸어올 거야. 오로지 당신의 영혼만이 그걸 들을 수 있지. 그러다 언

젠가는 목소리들이 깨어날 거야."

— 코엘료 쿠엘료, 《브리다》 중에서

브라쇼브, 루마니아

2
눈, 그 뜨거움에 관하여

상트페테르부르크, 시베리아 횡단열차

*

그날만은 겨울도 따뜻했다

오랜 시간이 걸렸다. 왜인지는 나도 모른다. 삶이 짓눌렀는지, 아니면 두려움이 나의 발목을 잡았는지 알 수가 없다. 분명한 건, 지금 이곳, 이 자리에 앉아 있다는 사실을 믿기 힘들다는 것뿐. 나이가 든다는 것은 자신의 갈망과 점점 더 멀어져만 가는 '모순의 눈물'이 아닐까라는 생각이 문득 든다. 그럼에도 그리던 공간과 설레는 시간 속에 이렇게 몸을 붙인 채, 창밖으로 펼쳐지는 낯선 풍광들에 시선을 줄 수 있는 건 아마도 행운일 것이다. 그렇지 않다면, 거스르기 힘든 중력의 법칙, 나이듦에 역행하는 고단한 투쟁의 한 지점에 서 있는 것이리라.

저항점, 이곳은 영하 25℃라는 낯선 숫자와 며칠간 하늘이 토해 낸 순백의 눈이 점령한 도시, 러시아의 노보시브리스크다. 이곳에 유일하게 살아 움직이는, 생명체 같은 국방색의(군복무 시절 입었던 민무늬 빛바랜 초록색 군복) 낡은 기차, 시베리아 횡단열차가 긴 여행의 피곤함을 잠시 내려놓듯 숨을 고르며 정차해 있다. 그 품으로 사람들은 하나 둘 귀향의 짐보따리를 껴안은 채 기어들고 있다.

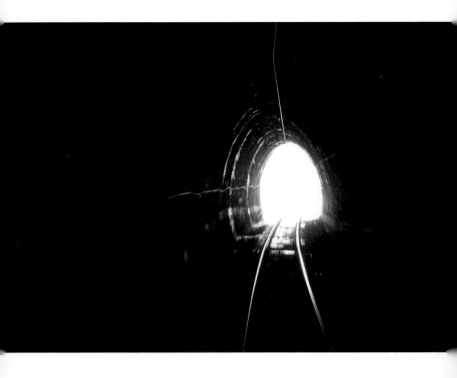

쏟아지는 흰눈이 자리를 떠나지 못하는 가족들의 머리 위로 수북이 내려앉았다. '이제 그만 들어가라'는 손짓도 무색하게 남겨진 가족들은 하얗게 눈으로 변해가고 있다. 아마도 이 기차는 그들의 고향을 수 없이 지나가겠지만, 그들은 다시 돌아오지 못할지도 모른다. 눈처럼 머리가 하얗게 셀 때까지. 우리는 연어처럼 고향을 떠나서 살 수밖에 없다. 만약 고향에서만 평생 살아간다면, 그곳은 그리움을 가질 수 있는 고향이라고 부르지 못할 것이다. 고향은 그곳을 떠난 사람들의 '과거와 낯선 곳'에서만 그리움의 이름으로 존재할 수 있기 때문이다. 내가 고향을 늘 그리워하면서도 이렇게 낯선 곳으로 떠도는 것은 고향이라는 단어와 그곳에서 밀려오는 감각들을 잃어버리고 싶지 않기 때문일 것이다. 저들도 오랜 시간 고향을 떠나 있을 것이다. 연어가 고향으로 돌아오기 위해, 낯설고 두려운 바다의 파도와 끊임없이 싸워야 했듯이 말이다. 시간의 주름이 굵게 파일 때쯤, 그들은 귀향 기차에 오를 것이다.

기차는 기적 소리도 없이, 짧은 안내 방송과 함께 꿈틀거리기 시작했다. 성에 낀 유리창 너머로 기차역이 점점 작아져간다. 그 역들이 하나의 점 혹은 흩날리고 있는 하나의 눈송이로 변할 때, 그곳은 드디어 '고향'이라는 '감각의 향수' 속으로 들어가게 될 것이다.

나의 객실에는 나의 친구들과 딸을 찾아간다는 늙은 농부가 함께 타고 있다. 그는 신기한 듯, 어설픈 영어로 내게 묻는다. '어디서 왔는지, 그리고 어디를 가는지?' 한참 후 그는 낡은 가방에서 비닐에

싸인 빵 조각을 부끄럽다는 듯이 꺼낸다. 반쪽을 잘라 내게 쥐어준다. 나는 눈웃음으로 감사의 인사를 건넨 뒤 군것질거리를 그에게 건넨다. 하지만 농부는 손사래를 치며 웃기만 한다. 그 순간, 그의 닳아버린 외투 소매와 그의 손 그리고 얼굴이 내 눈으로 들어왔다. 갈라터진 손톱과 투박하고 거친 손가락, 그리고 주름진 이마와 검게 탄 얼굴은 그의 삶이 얼마나 고단했는지 조용히 말해주고 있었다.

나의 아버지, 그도 그랬다. 뭉툭하게 돌덩이처럼 변해버린 손가락, 그 손가락들 사이에서 떨어지지 않았던 담배꽁초, 그것은 당신의 가난을 말하기에 충분했다. 그를 평생 따라다닌 가난, 그는 그것을 결코 벗을 수 없었다. 그는 욕망도 없는 사내였다. 그냥, 이미 늙은 사람이었을 뿐이다. 나는 그의 젊음을 한 번도 본 적이 없다. 그는 앙상한 몇 줄기의 가지만 매달고 있는 나목과도 같았다. 가족에게 쏟아지는 비바람을 막아주기에는 너무도 약한 존재였다. 그래서 늙은 그는, 늘 가슴이 아팠다. 고목이 겨울바람에 입을 막고 울고 있듯이 그는 아무도 보지 않는 곳에서 소리 없이 눈물을 흘리곤 했다. 그럴 때마다 그는 담배 연기로 눈물을 지워버리려 했다. 그의 담배 연기가 깊게 고인 슬픔을 길어올렸는지 나의 속을 더욱 울렁이게 만들었다. 내 가족의 겨울은 아버지의 주름만큼이나 깊고 추웠다. 가난이 우리를 더 춥게 만들었으리라. 그래서 허름한 바람막이 흙벽으로 겨울을 보내야 하는 가족들은 겨울이 싫었다. 앞에 앉아 있는 이 늙은 농부처럼 나의 아버지도 그리고 나의 가족 누구도 변변한 '겨울 외투' 한 벌 갖지 못했다. 고골의 《외투》에 등장하는 아카키예비치가 낡은 외투로 상트페테르부르크의 매서운 추위, 그리고 가진 자들의 차가운 시선을 견뎌야 했던 시간들은 우리 가족의 삶과 많이 닮아 있다. 겨울 외투는 아카키예비치의 삶의 전부였다. 그것을 잃었을 때, 그의 삶도 함께 사라졌다. 나의 아버지, 그의 삶도 마찬가지였을 것이다. 가족의 겨울 외투 한 벌 장만하지 못한 채, 평생을 살아야 했던 그의 서러움은 시베리아의 어떤 추위보다도 매서웠을 것이다.

그런데 언제부터인가 등과 어깨가 뼈에 사무칠 정도로 추워서 견딜 수 없을 지경이었다.(......) 집에 돌아온 그는 외투를 찬찬히 살펴보았다. 그러고는 외투의 등과 어깨 두서너 군데가 마치 모기장처럼 얇아진 것을 발견했다. 천이 닳을 대로 닳아 속이 훤히 비칠 지경이었고, 안감도 갈기갈기 해진 상태였다. (......) "도저히 안 될 것 같습니다." 페트로비치는 딱 잘라 말했다. "바닥 천이 워낙 낡아서 어떻게 해볼 수가 없어요. 차라리 이걸 잘라서 각반이라도 만드시는 편이 훨씬 나으실 것 같습니다."

— 고골, 《외투》 중에서

하지만 어린 나에게 겨울이 마냥 추웠던 것만은 아니다. 행복한 날들도 있었다. 그것은 비좁은 방에서 그의 지독한 담배 연기를 맡지 않아도 되는, 하루 종일 밖에서 뛰어놀 수 있는 조건이 마련된 날들이었다. 그것은 세상의 존재들을 모두 동일하게, 하얗게 만든 함박눈이 내리는 날이었다. 그것도 나의 키만큼이나 쌓여 온동네를 삼켜버린 눈. 그날만은 겨울도 따뜻했다. 눈이 모든 것을 잊게 만들어주었기 때문이다. 외투 따위는 필요 없는 그런 날들이었다.

밖에는 눈, 눈이 와라

사그락, 사그락.

나를 깨운 건 달리는 차창 밖에서 들리는 알 수 없는 소리였다. 나는 잠시 꿈을 꾸었던 것 같다. 아직 해는 창가에 걸려 있었다. 기차는 달리고 있었고, 농부와 그의 친구들의 지친 육신 위로 자장가 같은 기차의 리듬이 흘렀다. 사그락 사그락 하는 소리는 계속되었다. 나는 그 소리의 정체를 찾을 수 있을까 하는 생각에 복도로 나갔다. 비좁은 복도에는 여행객들의 소곤거림으로 빈틈이 없다. 나는 여행객이 없는 한산한 복도를 찾아 끝까지 걸었다. 여러 칸을 지나 열차의 마지막 복도에 다다랐을 때, 나는 나도 모르게 소리를 지르고 말았다.

기차가 '눈 터널'을 달리고 있었기 때문이다. 어디서도 보지 못한 눈 터널, 그것은 환상이었다. 선로에 바짝 붙어 있던 침엽수의 나무들이 눈의 무게로 인해 반대편의 나뭇가지들과 포옹을 하고 있었다. 그렇게 아치를 그리고 있는 나무들과 기차의 유리창이 서로 사랑하는 소리, 그것이 '사그락 사그락'이었다. 그 소리는 따뜻했다. 기차에서 나오는 히터 때문은 분명 아니었다. 한참을 기차의 끝에 앉아, 터널 속으로 사라지는 검은 두 줄기의 선로가 추는 부드러운 춤을 바라보았다.

눈 터널이 끝나자 기차는 작은 간이역에 멈춰 섰다. 한참동안 기차는 출발하지 못했다. 그칠 것 같지 않은 눈 때문이다. "이놈의 눈은 벌써 나흘째야. 언제쯤 멈출까?" 복도에서 누군가의 푸념 섞인 소리가 들려왔다. 그 소리와 함께 나는 농부가 사라진 간이역 쪽으로 시선을 돌렸다. 간이역 뒤로 펼쳐진 작은 마을이 마치 겨울 왕국처럼 아름다워 보였다. '여기서 내리자'라는 나의 생각이 나를 흔들었다. 아마도 지금 내리지 않는다면, 어릴 적 고향의 겨울로 다시 돌아갈 기회는 없을 것 같다는 착각이 일었기 때문이었다. 친구들은 이유도 모른 채 무작정 나와 함께 내려야 했다. 하지만 그들의 입에서도 이내 탄성이 쏟아져나왔다.

"와우, 여긴 어디야, 신선들이 살아야 할 곳 같은데!"

나는 마치 크리스마스카드에 그려진 동화 마을 속을 걸어들어가고 있는 기분이었다. 흰 옷을 걸친 중세의 기사와 수많은 병사들이 긴 창끝을 높이 쳐들고 승전의 기쁨을 외치며 서 있는 것과 같이, 끝없이 펼쳐진 침엽수림의 군락이 마을을 호위하고 있었다. 눈과

침엽수림, 그리고 고요한 마을은 우리를 몽환의 세계로 이끌기에 충분했다. 이 속으로 빨려들어가면, 마치 내가 기다리던 아름다운 공주라도 만날 것만 같았다. 순간, 나의 영혼과 시간은 길을 잃었다.

밖에는 눈, 눈이 와라
고요히 窓 아래로는 달빛이 들어라
어스름 타고서 오신 그 女子는
내 꿈의 품속으로 들어와 안겨라

나의 베개는 눈물로 함빡 젖었어라
그만 그 여자는 가고 말았느냐
다만 고요한 새벽, 별 그림자 하나가
창틈을 엿보아라

— 김소월, 〈꿈꾼 그 옛날〉

눈이 내려서일까? 마을은 더없이 조용했다. 모든 소리는 사라졌고, 그 여백의 자리에 붉은 여우들의 발자국만 살아 움직이고 있었다. 눈은 세상의 시끄러운 소리들을 먹으며 내린다. 그리고 내리는 자리 위로 색깔 없는 꽃들을 피워낸다. 따뜻함으로 세상의 차가운 감각들을 녹이기 때문일 것이다.

고향의 눈 내리는 아침도 마찬가지였다. 시끄럽던 동네는 눈이

내리면 그 깊이만큼 조용해졌다. 차가운 소리대신 아궁이에서 고구
마 굽는 냄새와 호빵을 빚는 막걸리 냄새만이 굴뚝 연기와 함께 마
을에 퍼져갈 뿐이었다. 그래서 눈 내리는 날은 늘 포근했다.

약간의 언덕을 오르자 마을이 나타났다. 집들은 모두 나무를 닮
아 있었다. 저녁을 짓는지 아니면 벽난로를 지피고 있는지, 하얀 도
화지 위로 회색 빛 굴뚝 연기들이 하늘에 가는 금을 내며 올라가고
있었다. 낯선 이들에게 주인의 자리를 잠시 양보라도 하려는 듯, 눈
쌓인 좁은 길목에는 우리가 만드는 발자국만이 길을 내고 있었다.
눈 위를 한참 걸어 올라가다보니 마지막 집인 듯 보이는 곳까지 왔
다. 우리는 눈 속 깊이 들어온 것이다. 눈이 깊다는 것을 느낀 건 정
말 오랜만이다. 아무것도 보이지 않는 것, 그것이 깊음이다. 눈 위에
발자국을 남기는 소리만이 마을의 침묵 위로 노을과 함께 붉게 번져
가며 그 깊음을 더해주었다.

양들은 새로운 길에 관심이 없다는 거지

내 고향은 버스가 다니지 않았다. 읍내는 산을 넘어 두 시간을
걸어야 갈 수 있는 곳이었다. 눈 내린 겨울이면 사람들은 문 밖을 나
서지 않았다. 무릎까지 푹푹 빠지는 눈이 녹기까지는 꽤나 오랜 시
간이 걸렸다. 나는 홍역을 앓고 있었다. 체온은 40°C를 오르내리는

데, 눈은 이틀째 내리고 있었다. 늙은 나의 아버지는 큰 결심을 한 듯 나를 업고 눈길을 나섰다. 그의 마른 등에서는 연신 땀이 흘렀고, 뜨거운 김이 모락모락 피어올랐다. 푹푹 빠지는 눈 위를 몇 시간이나 걸었을까? 나는 알 수 없었다. 하지만 나는 읍내의 작은 병원에 누워 있었고, 나의 아버지는 복도의 작은 소파에 주검처럼 쓰러져 있었다. 그의 바지 끝에는 작은 고드름이 맺혀 있었고, 낡은 점퍼의 등짝에는 소금 꽃이 하얗게 피어 있었다. 나의 눈은 뜨거워졌다. 홍역 때문만은 아님이 분명했다. 그때부터 깊은 눈은 내게 따뜻함이었다. 그의 젖은 등과 땀 냄새가 눈 속에 녹아 있기 때문이리라.

다음 날 ,우리는 '시베리아 횡단 열차'에 다시 올랐다. 눈발은 잘게 부서진 백설기 가루처럼 조용히 흩날리고 있었다. 큰 눈은 더이상 내리지 않을 것 같다. 상트페테르부르크를 향해 기차는 미끄러지듯 눈길 위를 달렸다. 밤새 잠을 뒤척였다. 민박집의 침대가 불편했던 것은 아니다. 아마도 어릴 때 앓았던 신열기가 다시 찾아왔거나, 아버지를 업고 눈길을 밤새 걸었기 때문일 것이다. 나는 꿈과 현실을 오가며 밤을 지새웠다. 나의 침대는 흥건히 젖어 있었다. 이렇게 낯선 곳에서 다시 만난 '나의 아버지'가 눈 속에 생생히 살아 있었다. 시간이 빼앗아갔던 '눈에 대한 감각과 그리움'을 이곳이 다시 되돌려 준 것이다. 어릴 적 눈이 내게 준, '따뜻함', 그것이 살아 돌아온 것이다. 지금, '시베리아 횡단 열차'는 내게 연금술사와 같은 존재이다.

연금술사는 말했다.

"아무리 먼 길을 걸어왔다 해도, 절대로 쉬어서는 안 되네. 사막을 사랑해야 하지만, 사막을 완전히 믿어서는 안 되네. 사막은 모든 인간을 시험하기 때문이야."(……)

"눈앞에 아주 엄청난 보물이 놓여 있어도 사람들은 절대로 그것을 알아보지 못하네. 왜 그런 줄 아는가? 사람들이 보물의 존재를 믿지 않기 때문이지."

— 파엘로 코엘료, 《연금술사》 중에서

양치기 소년 산티아고가 떠난 보물찾기 여행은 결국 자신과 늘 함께 했던 고향, 젊었을 때 멀리 떠돌며 외면했던 고향, 그곳으로 떠난 것이다. 보물을 찾은 곳이 어디든, 그곳이 바로 고향이며, 그곳은 자신의 가족과 그리움이 녹아 있는 '마음 한가운데'라는 것을 우리는 모르고 살아간다. 하지만 나는 지금도 시베리아 횡단열차 속에서 잡을 수 없는 꿈을 향해 이렇게 방황하고 있다. 고향과는 점점 멀어지는 정반대의 길, 그 직선 위를 걷고 있는 것이다. 하지만 나는 알고 있다. 그 직선 위의 나는, 출발점으로 돌아갈 수밖에 없는 거대한 곡선 혹은 원 위의 작은 점 위를 걷고 있는 것뿐이라는 것을. 결국, 원점에서 멀어지는 것은 원점으로 더 가까이 가고 있는 것이라며, 시베리아의 횡단열차와 차창 밖으로 내리는 '따뜻한 눈'이 내게 말을 하고 있는 듯하다.

파엘로 코엘료의 연금술사는 말했다. "비록 먼 길을 달려왔다고 할지라도 쉽게 주저앉거나 포기해서는 안 되는 것"이라고. 그것은 열차의 궤도처럼 바꿀 수 없는 것이 우리의 인생 여정이기 때문일 것이다. 기차를 세우고 다시 뒤로 돌아가는 것만이 '나에게로 귀향'하는 것이 아니라 이 선로의 끝을 향해 달려가는 것이 오히려 '나에게로의 귀향'임이 분명하다. '눈과 아버지의 대한 감각과 그리움'은 고향에 남아 있지 않았다. 그것은 지금처럼, 시베리아 횡단열차에 나와 동승해 있으며, 언제나 나의 모든 감각들 속에 고스란히 잠들어 있을 뿐이다.

나는 3층 침대에 몸을 뉘었다. 낡은 침대보를 덮어보지만 잠이 쉽게 오지 않는다. 그래도 기차는 밤새 달릴 것이다. 나의 종착점, 상트페테르부르크에서 만날 또다른 감각과 낯선 시간이 나를 기다리고 있기 때문이다. 나는 눈을 감았다. 연금술사가 말한 양과 같은 삶을 살아서는 안 된다고 되새기면서……

"문제는 양들은 새로운 길에 관심이 없다는 거야. 양들은 목초지가 바뀌는 것이나 계절이 오는 것도 알아차리지 못하네. 그저 물과 먹이를 찾는 일밖에 모르지."

— 파엘로 코엘료, 《연금술사》 중에서

3
안개, 그 사라짐에 관하여

사파, 베트남

✳

새벽은 안개를 낳고 떠나는 영혼들을 감싸주리

베트남 오지의 고산 부족들과 지낸 지 20일째다. 때는 12월의 겨울.

오늘은 '사파' 지역에서 약 100킬로미터 떨어진 박하 시장에 도착했다. 절벽 같은 낭떠러지의 험한 길을 그르렁거리는 지프차와 함께 기어왔다. 해발 1600미터 이상의 고산지대라, 새벽이면 어김없이 안개가 손님처럼 찾아온다.

오늘도 역시 어둠이 걷히기도 전에 짙은 안개가 시장을 먼저 찾아왔다. 나도 시장 한켠에 짐을 풀었다. 그리고 안개가 걷히기만을 기다렸다. 그런데 여기저기서 소리가 들려온다. 안개 속에서 존재를 확인할 수 있는 건, 오직 소리뿐임을 새삼 깨닫는다. 아무것도 보이지 않는다. 그런데 사람들은 존재한다. 몇 시간을 어둠과 함께 걸어온 고산 부족의 여인들이 삼삼오오 모여 물건을 거래하고 있다. 이렇게 두꺼운 안개는 나에게는 낯선 사건이다. 하지만 그들에게는 하나도 특별할 것 없는 일상의 현상일 뿐이다. 안개가 사라지면 그녀들도 안개처럼 소리 없이 떠나갈 것이다. 먼 거리를 가기 위해서는, 기다리는 가족들을 위해서는 서둘러 돌아가야 한다. 나는 안개 속에서 어떤 것도 보지 못했다. 하지만 안개의 사라짐은 그녀들의 등 뒤에 매달린 광주리의 슬픈 무게를 내게 남겨주었다.

그래, 안개처럼 사라지는 것들은 새로운 존재, 흔적을 잉태한다. 모든 것은 사라짐의 토대 위에서만 존재할 수 있다. '저 허공에 남은 그녀의 미소를 보라. 그녀가 떠나간 후에 더 생생하게 남아서 나를 흔들고 있지 않은가?' 사라짐은 잉태된 흔적 속으로 은밀히 스며든다. 사라짐과 흔적의 여백 속에는 환상과 추억이 자리한다. 하지만 여백은 언제나 우리에게 낯설다. 그것은 감각적인 것들로 존재하는 것이 아니기 때문이다.

밤새 머물지 못한 영혼들이 있었으리
그래 새벽은 안개를 낳고
떠다니는 영혼, 그 중에서도
상처받은 영혼들을 감싸주고 있으리

안개는 시간과 공간의 회색지대가 아닐까. 안개가 끼는 시간은 밤도 아침도 아니다. 우리는 그 시간을 통상 새벽이라고 칭하지만 그것이 어떤 시간인지는 규정할 수 없다. 경계의 시간일 뿐이다. 잠시 멈춘, 인간의 시계를 벗어난, 규정할 수 없는, 규정해서는 안 되는, '시간 밖의 시간'이다. 경계이면서 과거와 현재와 미래를 나누지 않는, 그래서 지각할 수 없는 정적인 흐름, 오로지 오감으로 만날 수밖에 없는 불투명한 환상의 리듬이라 말해야 할 것 같다. 안개는 공간도 지워버린다. 안개는 공간을 삼키고 모든 것을 '무(無)'로 만들어 버린다. 그 속에 존재하는 것은 나의 의식뿐, '나'는 존재할 수 없다. 자신을 감각하지 못하고 무엇과도 경계를 갖지 못하는 순간, 어떤 것도 존재일 수는 없다. 그렇게 나의 의식은 나를 떠나 '무공간' 속을 흔적 없이 떠돈다. 안개가 사라지고 공간이 살아나면 나의 의식은 다시 '나'의 존재 속에 가둬질 것이다. 그것은 환상의 리듬을 타고 떠돌았던 나의 의식의 종말이다.

안개가 다가온다, 내 몸에 달라붙는다

어린 날의 기억, 삶의 기쁨 중 하나는 읍내의 5일장 구경을 가는 것이었다. 안개가 짙게 깔린 새벽, 어머니와 함께 길을 나서는 것은 소풍보다 훨씬 더 흥분되는 일이었다. 나는 아들이라는 특권으로 늘 어머니의 선택을 독점했다. 선택의 기회조차 없었던 누이들의 눈망울은 늘 안개처럼 젖어 있었다.

　어머니의 손을 잡고 들어선 시장은 나의 마을에서는 볼 수 없는 신세계였다. 온갖 종류의 물건들과 어디서 왔는지 모를 많은 사람들이 서로의 어깨를 살짝살짝 부딪치며 자신의 물건을 팔거나 혹은 필요한 물건을 사기 위해 분주하게 움직이는 것은 일렁이는 파도와 같았다. 가난한 어머니의 등과 머리에는 늘 무거운 쌀과 다양한 곡식자루가 매달려 있었다. 어머니도 이런 것들을 팔아야 하는 사람 중의 한 명이었으며, 그것들을 팔기 위해 골목 구석진 자리를 잡아야 했다. 읍내 시장에서는 모두가 파는 사람이었으며, 모두가 사는 사람들이었다. 나는 어머니의 초라한 물건들 옆에 놓인 또다른 물건처럼 느껴질 때가 많았다. 그 시간들은 꽤나 길었다. 어머니의 물건들이 혹시 팔리지 않을까 하는 걱정과 불안이 나를 지배했기 때문이다. 그것들이 팔려야 돈이 생기고, 그것으로 필요한 것들, 아주 조금의 공산품들을 살 수 있었기 때문이다. 하지만 어머니의 물건들은 언제나 점심때가 넘어서야 팔리거나 다른 것들과 교환할 수 있었다.

　기다렸던 점심시간은 내게 기쁨이면서 눈물이었다. 나와 어머니의 식당이 달랐기 때문이다. 나는 200원짜리 자장면 집으로, 어머니는 50원짜리 나이롱 국수집으로 갔기 때문이다. 자장면 집으로

사파, 베트남

가는 동네 아주머니들의 손에 나를 넘기시고 당신은 나이롱 국수집으로 들어가셨다. 그 뒷모습은 어린 나에게도 감당하기 힘든 슬픔이었다. 자장면의 달콤함을 위해 시장을 따라왔지만 자장면의 춘장에서 배어나오는 울컥거림은 시장에 대한 나의 혼란스러운 추억이 되고 말았다. 이 시간은 언제나 안개였다. 아무것도 보고 싶지 않은, 그리고 '나의 생각'과 '감정'을 누구에게도 들키고 싶지 않았던 나는, '안개' 속을 걸어야 했다.

지금 이곳 박하시장의 새벽에 나는 그때의 수많은 '나'를, 그 때의 어머니를 보고 있다. 안개에 가린 그녀들의 고단함과 그녀들의 손을 잡고 있는 어린 자식들의 눈물이 안개 사이로 언뜻 언뜻 비쳐 보인다.

그래, 안개는 몽상과 같은 비현실적 세계를 현실적 세계 속에 공존시키는 것, 두 세계의 경계를 불투명하게 만들어 쾌락과 불안을 동시에 안겨주는 존재, 보이지 않는 것이 가져다주는 비밀스러움의 쾌락과 언제 사라질지 알 수 없는 것에 대한 불안의 불투명성. 공간과 시간성을 해체시키는 모든 것을 자신의 품속으로 감추는 유혹의 혼란스러움. 나는 안개 속에서 어머니의 등을 보려 하지 않았지만, 그래서 존재하지 않는 결핍과 부재의 상태 속에 나를 놓아두었지만, 안개의 사라짐은 나에게 지울 수 없는 어머니의 흔적을 잉태했다. 지금도 지울 수 없는 그 눈물의 흔적이 가슴에 깊게 새겨져 있다.

안개는 사물들에게 바른 시선은 모두 금지하고 자기 자신 속으로 소외되도록 부추긴다. 나에게는 텅 빈 거리들을 달리고 있는 것처럼 보인다. (......) 안개가 다가온다. 매일 매일 더 가까이, 집을 향하여, 이미 삼나무를 사라지게 만들었다. 발코니 난간 삼나무들의 가지들도, 어제 밤에는 꿈을 꾸었다. 안개가 문과 창문들의 갈라진 틈 사이로 천천히 집안으로, 내 방으로 침투해서는 (......) 나의 몸에 달라붙었다.

— 마리아 루이사 봄발, 《마지막 안개》 중에서

안개가 사라지면서, 여기저기서 화려한 꽃들의 향연이 펼쳐진다. 돌아가지 못한 여인들의 외로운 꽃. 그녀들의 외모는 그녀들의 등을 내리누르는 거대한 보따리와 달리 화려하다. 빨간 색 두건으로 머리를 장식한 레드몽족, 빨강, 분홍, 노랑, 파랑, 초록이 섞인 화려한 옷을 입고 있는 꽃몽족 등, 안개의 사라짐은 이렇게 꽃의 존재를 남겼다. 그녀들의 화려함은 나의 어머니와는 사뭇 다르다. 나의 어머니, 그녀의 외출복은 따로 없었다. 밭일을 할 때 입었던 그 옷을 세탁해 입으면 그것이 외출복이었다. 그녀의 옷에는 어떤 색깔도 존재하지 않았다. 무채색이거나 짙은 안개와 같은 회색이었을 뿐이다. 그녀의 삶처럼 그녀의 옷도 결코 화려할 수 없었다. 평생 그래야 했고 그랬다. 그녀의 그런 모습은 안개가 사라진 후 내게 남겨진 또 다른 슬픈 흔적이다.

나의 삶이 '새벽 안개' 속에 묻히기를 소망한다

시장은 안개 속에서 형성되었고 안개와 함께 사라졌다. 나는 안개 속에서 아무것도 보지 못했다. 하지만 나는 만났다. 안개가 남긴 그녀들의 등 뒤에 '나의 어머니'가 함께 서 있는 환영. 나는 파장된 시장 골목을 헐떡거리는 개처럼 걸어다녔다. 그녀들의 남겨진 흔적을 줍기 위해서일까, 고개를 땅 바닥에 붙인 채 걸었다. 소녀일까 아니면 젊은 새색시일까, 그녀 곁에는 젖을 빨다 지쳤는지 곤히 잠든 아이가 누워 있었다. 그 아이는 그녀의 아기일까, 동생일까? 그녀는 갈 길이 멀 것이다. 그래서인지 그녀는 나에게 자신이 직접 만든 팔찌를 아주 싸게 팔기 위해 애원하듯 흥정을 붙여온다.

"이 팔찌는 제가 직접 만든 거예요, 행운을 가져오는 팔찌입니다."

"정말, 예쁘네요. 얼마예요?"

나에겐 필요도 없는 팔찌가 이미 나의 손에 가득 담겨 있었다. 나는 팔찌를 산 것이 아니다. 그녀의 고단한 삶을 산 것임이 분명하다. 그녀에게서 나의 어머니를 보았기 때문이었으리라. 나는 그녀에게 돈을 건넸고 잔돈은 받지 않았다. 그리고 배낭을 열어 나의 담요도 함께 건넸다. 그녀 곁에 누워 있는 아이의 시꺼먼 발, 한겨울 속에 무방비로 던져진 발이 여리게 떨고 있었다. 그녀는 놀란 듯이 나를 쳐다보았고, 나는 받아도 괜찮다고 미소로 응답했다.

이곳 여인들의 삶은 단순하다. 여기의 계절처럼 말이다. 한낮의 뜨거운 햇살은 여름이지만 달이 뜨기 시작하면 겨울이 된다. 그 사이의 잠깐씩 들르는 봄과 가을의 기운은 깜빡이는 눈꺼풀 정도로 짧다. 그녀들은 안개로 하루를 열고, 어둡고 차가운 밤하늘로 하루를 마감한다. 그래서 그들은 긴 약속이 필요치 않다. 가족과 남편, 그리고 시장에서 만나는 사람들에게 자신의 물건을 건네거나 혹은 받으며 아주 짧은 약속을 하고, 자신과 닮은 사람들의 따뜻한 눈빛과 대화를 나누고, 짙은 안개에게 다음 장날을 약속을 한다. 하지만 '나'와 같은 이방인들이 찬바람을 몰아와 안개를 지워버리고, 그녀들의 단순한 삶, '짧은 약속'들마저 깨뜨리지나 않을까 걱정이다. 안개가 사라진 박하 시장은 너무나 분명한 것들, 깨끗하고 곧은 것들, 사람과 가축들이 아닌 이방인들의 욕망만이 넘쳐날 것 같아 슬프다. 그녀들의 순수한 삶은 이방인이 가져온 상대적 가난이라는 불치병에 전염될까 두렵다. 짧은 약속에서도 행복했던 그녀들의 삶이 안개처럼 사라질까 불안하다. 나의 어머니의 삶도 그녀들처럼 단순했을까? 신작로가 생기고, 버스가 다니기 시작하면서 그리고 5일장이 사라지면서, 어머니의 소박한 삶도 사라져버렸다.

아마도 이곳을 다시 오지는 못할 것이다. 하지만 이곳은 이미 나의 가슴 깊숙한 곳에 짙은 안개로 스며들었다. 그들의 삶과 그들을 품은 안개는 나의 투명한 망막을 뿌옇게 흐려놓았다. 어느 곳에서든 이곳의 안개가 주는 몽환적이고 순수한 감각들을 되살릴 수 없을

지라도 나의 삶에서 그리고 나의 여행에서 '안개'는 결코 사라지지 않으리라. 안개로 인해 시간과 공간이 사라진다는 것, 그것만큼 매혹적인 사건도 없으리라. 나는 단지 오늘처럼, 가끔 나의 삶이 '새벽 안개' 속에 묻히기를 소망한다. 그럴 때마다 시간과 공간이 사라진 그 자리에 그리운 것들이 몽상과 함께 되살아오기를 바란다.

이번 여행의 끝이 보인다. 나의 가이드 겸 동반자, 그리고 지프차 운전사였던 '린'은 마지막 날, 숙소에서 내게 물었다.

"오지의 고산 부족을 이렇게 오랜 시간 동안 찾아 헤맨 여행객은 처음 만났습니다. 무엇 때문에 이들을 찾아다닌 겁니까?"

나는 선뜻 대답을 하지 못했다. 왜냐하면 그 질문은 내가 나에게 벌써 했어야 하는 질문이었기 때문이다.

"뭔가를 찾으려고 온 건 분명한데……"

그러자 그는 되물었다.

"이들의 삶이 특별한가요? 당신이 찾는 건 당신과 다른 삶 아닐까요?"

"그건 아닌 것 같아요. 나도 내가 찾는 게 무엇인지 잘 모르겠어요."

그는 웃으면서 말했다.

"그럼, 어떻게 찾아요?"

"맞아요, 찾을 수 없죠. 아마도, 나는 찾을 수 없는 것을 찾고 있었던 것 같아요. 마치 안개 속에서는 아무 것도 찾을 수 없는 것처럼

사파, 베트남

말예요."

린은 다시 말했다.

"그럼, 영원히 못 찾겠네요."

"아마도 그럴 걸요. 음…… 하지만 찾을 필요가 없을지도 몰라요. 그것들은 단지 흔적일 테니까요."

나는 중력의 속박에서 해방되었다고 느꼈고, 높은 장소에 감도는 그 야릇한 관능적인 기쁨을 추억을 통해 되찾았다. 그리하여 나는 스스로 뜻하지도 않은 채로, 절대적인 고독, 무한한 지평선과 넓게 퍼진 희미한 빛, 달리 말해 그 자체 이외에는 다른 배경이 없는 무한과 더불어 있는 고독 속에서 거대한 몽상에 사로잡혀 있는 사람의 감미로운 상태를 눈앞에 그렸다.

— 보들레르

3부

만남,
그 우연에 관하여

1
수도승, 침묵을 횡단하는 사람

히말라야, 티베트

✳

아마도 그가 가는 그곳에 부처가 있으리라

우리는 걸을 때 많은 것을 얻는다. 특히 아무것도 없는 황량한 벌판을 혼자서 걸을 때면 내가 생각하는 모든 것들이 나의 배경이 된다. 보이는 것이 없다고 해서 존재가 없는 것은 아니다. 생각이 산을 만들고 마음이 꽃을 만들기 때문에 아무것도 없던 배경도 있는 것이 된다.

히말라야로 향하는 티베트 국경지역은 길도 없고 사람도 없다. 걷는 곳이 길이 되고 만나는 것들이 친구가 된다. 나무 한 그루 없는 황량한 산과 들은 묵언 수행을 하는 승려를 닮았고, 때 묻지 않은 솜뭉치 구름들은 갈 곳 없는 나그네 같고, 바람에 깎인 둥근 돌들은 재잘거리는 동네꼬마들이다. 과연 이곳에 무엇이 없다고 말할 수 있을까? 존재한다. 그것도 거대하고 분명하게 존재한다. 내가 보는 것들은 내 눈동자의 움직임을 의미 없게 만들 정도로 거대하고, 내가 듣는 바람소리는 귀 기울이지 않아도 귀에 붙어 있고, 나의 걸음을 지탱해주는 잿빛 땅은 거인의 등을 드러낸 채 이렇게 누워 있다. 오히려 그들에게 나는 존재하는 것으로 비춰질 수 있을까?

> 사람들은 한산으로 가는 길을 묻네
> 한산으로 가는 길은 없는데......
> 어찌하여 나를 흉내 내어 그곳에 가려 하나
> 자네의 마음과 나의 마음은 다른 것을.
> ― 불교 수도자 한산(寒山)의 시

덜컹거리는 버스에서 내려 걸은 지 세 시간이 지났다. 나는 걸은 것이 아니다. 잡다한 생각들이 혹은 멍한 시선이 길 위로 흘렀을 뿐이다. 생각이 무거워지면서 시간은 흐른 것이 아니라 생각을 지탱하기 위해 두꺼워진 것 같다. 걸었지만 공간의 변화는 없었다. 똑같은 잿빛 땅들과 말없이 수행하고 있는 히말라야 줄기의 산들이 나를 여전히 쳐다보고 있을 뿐이다.

그런데 초점을 잃었던 나의 시선이 어느 한 지점에서 멈추었다. 멀리서 어두운 갈색의 물체가 움직이고 있었다. 나도 모르게 걸음이 빨라졌다. 하지만 좀처럼 거리는 좁혀지지 않는다. 욕심이 나의 숨을 가쁘게 하고 머리 위로 흐르는 피를 막아버린다. 이곳이 해발 4,000미터가 넘는 고산지대라는 것을 깨질 듯한 머리가 말해주고 있다. 도시를 지배하던 속도가 이곳에선 병이 된다는 사실을 나는 잊고 있었다.

드디어 그 어두운 갈색을 따라잡았다. 나무 등걸을 등에 지고 걸어가는 라마교 승려다. 그의 마른 몸은 녹슨 쇠붙이 색깔의 장의가 감싸고 있었고, 그의 얼굴은 자갈돌, 산, 들판과 닮은 회색빛이었다. 그의 얼굴에선 내가 기대했던 그리고 보아왔던 승려들의 달관과 여유의 모습은 찾아볼 수 없었다. 승려라기보다는 가난의 고통을 덕지덕지 온몸에 달고 가는 고행자라고 해야 할 것 같다. 결코 도를 찾거나 열반에 이르기 위해 수행하는 승려처럼 보이지 않았다. 그냥 삶의 한 수단으로 승려의 길을 걷고 있을 뿐이라고 그의 생기 잃은 눈빛이 말하고 있었다. 하지만 나는 그의 모습이 부처를 닮았다는 생각을 지울 수가 없었다. 기쁠 것도 없으며 슬플 것도 없는 삶의 한 조각을 자신의 운명으로 받아 들고 묵묵히 혼자서 걸어가는 승려의 걸음이 틀림없는 불법(佛法)처럼 보였기 때문이다.

나는 갑자기 스님의 침묵에 끼어들고 싶어졌다.

"저기, 스님, 어디로 가세요?"

승려는 내 말을 알아들을 리가 없다. 나는 티베트어가 아닌 영어로 말했기 때문이다. 그런데 뜻밖에도 승려는 대답을 했다. 내가 알아들을 수 없는 말과 함께 손가락으로 산 너머를 가리켰다. 내가 물어볼 수 있는 것이 그것밖에 없다는 것을 그는 알고 있었다는 표정이다. 나는 들뜬 마음으로 되물었다.

"스님, 영어 하세요?"

하지만 승려는 대답이 없다. 대답을 대신할 수 있는 미소만 지을 뿐이었다. 아마도 승려는 그 이상의 질문과 대답은 무용하다는 것을 내게 보여주고 싶은 것인지도 모른다. 승려가 말하고 싶은 것은 우리 모두는 한 곳으로 가고 있으며, 그곳으로 왜 가고 있는지 고민할 필요는 없다는 것이 아닐까? 그 묵언의 대답에 나 역시 동조하고 있었다. 내가 이렇게 배낭을 메고 여행을 다니는 것도 인생의 저 산 너머로 가기 위한 과정일 뿐 어떤 대답을 구하기 위한 것이 아니기 때문이다.

승려의 미소를 보는 순간 고려시대 진각 혜심 선사의 〈그림자를 보고〉라는 시가 떠올랐다.

못 가에 홀로 앉아 있다가
물 밑의 스님을 우연히 만나
말 없는 웃음으로 서로 보면서
그를 알고 말해도 대답이 없네
― 진각 혜심 선사, 〈그림자를 보고〉

　말하지 않아도 말이 통하는 그 웃음. 진리가 무엇이라 말하는 것은 그저 진리의 껍질에 매달리는 것에 불과하다고 가르치는 듯한 그 웃음. 석가가 꽃송이 하나를 들어보였을 때 제자들이 모두 무슨 뜻인지를 몰라 어리둥절해하는 가운데 가섭만은 빙그레 웃었던 그 미소를 지금 이 승려가 내게 보내는 것 같다.

　우리는 나란히 걷고 있었지만 혼자 가고 있는 것이었다. 우리 사이에는 어색한 침묵만이 흘렀다. 그 어색한 침묵이 투박한 산길보다 나를 더 힘들게 만들었다. 하지만 승려는 이미 나의 존재를 잊은 듯 보였다. 한 사람의 마음과 삶을 이해하기 위해 던지는 몇 개의 낱말들이 얼마나 바보스러운 짓인지, 그런 대화들이 오히려 사람들과의 거리를 더 멀게 만든다는 것을 그는 알고 있는 것일까? 그는 침묵만이 모든 것을 말할 수 있고 그것만이 진리로 가는 길이라는 것을 내게 깨우쳐주는 듯했다.

《왜 나는 네가 아니고 나인가》라는 책을 보면, 라코타 족은 '침묵은 진리의 어머니'라고 말한다. 그들은 침묵을 언제나 우아한 것으로 여겼으며 결코 불편하거나 당황스러운 것으로 여기지 않았다. 슬픈 일이 닥쳤거나, 누가 병에 걸렸거나, 또는 누가 죽었을 때 그들 부족은 먼저 침묵하는 것을 잊지 않았다고 한다. 어떤 불행 속에서도 침묵하는 자세를 잃지 않았고, 유명하거나 위대한 사람 앞에서도 침묵은 곧 존경의 표시였다. 그들은 말보다 더 힘 있는 것이 침묵이라고 믿었던 것이다.

나는 그에게 사과 하나를 건넸다. 내가 잠시나마 그의 길을 방해했다는 죄책감과 그의 침묵으로 인해 깨달은 무언가에 대한 공양이었다. 승려는 느릿느릿 앞만 보며 걸어갔다. 그는 나의 인사말도 사양한 채 주름진 회색빛 계곡 속으로 점점이 사라져갔다. 자신의 손가락이 가리켰던 그곳으로 그물에도 걸리지 않으며 어디에도 의지하지 않는 바람처럼 그렇게 흘러갔다. 침묵을 횡단하듯 나에게서 소리 없이 멀어져갔다. 아마도 그가 가는 그곳에 부처가 있으리라.

2
사막, 별, 바람 그리고 소년

사막, 이집트

*
한 사람의 사랑을 받는다는 것은 '기적'이지

어느 곳을 여행하든 꼭 만나는 것이 있다. 바로 계급이다. 우리는 후진국을 여행할 때만 계급을 접할 수 있을 것이라 생각한다. 특히 인도와 같이 카스트 제도가 지배했던 국가들을 여행할 때면 그런 생각은 더욱 강하게 일어난다. 하지만 그것은 심한 착각이다. 서양 국가들에서는 계급이 아름답게 포장된 채 그 모습을 감추고 있을 뿐이다. 그래서 여행객들은 그들의 숨겨진 계급을 발견하지 못한다. 혹은 계급을 발견했음에도 불구하고 아름다운 것들만 보기 위해 계급을 외면하고 있는 건지도 모르겠다.

여행자들 중에는 계급적 관계를 즐기는 이들이 적지 않다. 그들은 자본의 권력으로 자신을 중심에 위치시키고 그곳에 사는 원주민들 특히 여행자를 대상으로 물건을 파는 상인들을 하위 계급으로 격하시켜놓는다. 이렇게 계급적 관계를 자의적으로 형성하는 여행자는 그 순간부터 여행자가 아니라 그들의 주인이 된다. 주인이 된 그들의 말투와 행동은 투박하고 거만하게 변해간다. 마치 주인이 노예를 대하듯 자신의 생각만 일방적으로 던져놓기가 일쑤다. 하지만 순간적으로 노예가 되어버린 그곳 상인들은 오히려 그런 계급적 관계가 형성되는 것을 고마워한다. 그런 계급적 관계가 형성될 때만이 그들은 물건을 팔 수 있고 자신의 생계를 유지할 수 있기 때문이다. 서로의 욕구가 자연스럽게 주인과 노예의 관계를 형성시킨 것이다. 나도 여행에서 이런 광경을 목격하거나 나도 모르게 내 자신이 주인인양 거들먹거릴 때가 있었다. 그럴 때 밀려오는 역겨움은 참기 힘든 고통이었다.

"루이, 언제부터 이 일을 했어?"

"5년요."

나는 그의 대답에 놀라고 말았다. 루이는 지금 열네 살이다. 열살도 되기 전부터 낙타를 끌고 손님들과 함께 사막 위를 걸었다니⋯⋯. 갑자기 나는 미안한 생각이 들었다. 그리고 알 수 없는 죄책감이 사막의 모래바람처럼 내 주변을 맴돌기 시작했다.

"루이, 낙타는 누구 거니?"

사막, 이집트

"낙타는 모두 우리 사장님 거예요. 저도 빨리 돈 모아서 낙타 한 마리 사고 싶어요. 그러면 동생을 학교에 보낼 수도 있고, 엄마께 빵을 매일 사드릴 수도 있거든요. 그런데 평생 못 살 수도 있어요. 낙타가 너무 비싸거든요."

너무나 순수해 보이는 루이의 눈엔 낙타의 모습만 가득 차 있었다. 우리는 한동안 말없이 사막 위를 걸었다. 얼마나 걸었을까? 뜨거운 태양은 나를 심한 갈증과 고통 속으로 몰아넣었다. 이런 내 모습을 본 루이는 노예가 주인을 대하듯 나에게 정성스레 물을 건넸다. 그리고 낙타를 세워 낙타의 그림자로 그늘을 만든 후 그 아래서 쉴 수 있도록 나를 도와주었다. 그런데 정작 루이는 그늘이 없는 반대편에 우두커니 서서 땀을 흘리고 있었다.

"루이, 너도 이리 와."

나는 루이를 불렀다.

"아뇨. 손님과는 똑같이 쉴 수 없어요. 그것이 우리 사장님의 원칙이에요. 저는 괜찮으니까 조금 더 쉬세요."

루이의 말에 내가 어느새 '주인'이 되었다는 사실에 서글픔이 밀려들었다.

"루이, 이제부터 나는 너의 주인이 아니야. 너의 친구야. 알았지?"

루이는 대답하지 않았다. 루이의 눈동자가 당황한 듯 조금 흔들리고 있었다.

"루이, 저녁은 내가 할게. 너는 낙타와 편히 쉬고 있어."

사막의 밤은 소리없이 내려앉았다. 우리는 난과 카레, 산양유 커피를 만들었다. 너무 어두워진 탓에 모래가 섞인 저녁을 먹어야 했지만 그 맛은 세상 어떤 진수성찬과도 바꿀 수 없는 것이었다. 배가 부른 나는 사막 위에 그대로 드러누웠다. 그리고 곧바로 꼬마처럼 소리를 지르고 말았다.

"루이, 저거 별 맞지?"

하늘 마당에 한가득 보석을 뿌려놓은 듯 별들이 정신없이 반짝
이고 있었다. 루이는 별일 아니라는 듯이 건성으로 대답하고 이내
잠이 들어버렸다. 하지만 나는 수많은 별에 취해 쉽게 잠들 수가 없
었다. 별이 너무 많아 마치 별 사이로 하늘이 떠 있는 것만 같았다.
이 순간 생텍쥐페리의 어린 왕자가 별똥별을 타고 내려와 이렇게 내
게 물을 것만 같았다.

"세상에서 가장 어려운 일이 뭔지 아니? (......) 세상에서 가장 어려운
일은 사람이 사람의 마음을 얻는 일이야. 각각의 얼굴만큼 각양각색
의 마음을....... 순간에도 수만 가지의 생각이 떠오르는데, 그 바람 같
은 마음을 머물게 한다는 건 정말 어려운 일이야. (......) 한 사람의 사
랑을 받는다는 것은 '기적'이지."

— 생텍쥐페리, 〈어린왕자〉 중에서

문득 잠든 루이가 어린 왕자가 아닐까라는 생각이 들었다. 대부
분의 여행자들은 분명 어린 루이를 보며 많은 것을 얻었을 것이다.
아직 때묻지 않은, 그래서 저 별처럼 반짝이는 루이의 마음을 통해
자신들의 잃어버린 순수성을 잠시나마 되찾았을지도 모른다. 루이
가 말하고 싶었던 '코끼리를 삼킨 보아뱀'의 그림을 손님들도 '중절
모'가 아닌 '코끼리를 삼킨 보아뱀'이라고 동의했을 것이다. 그들은
경쟁에 물든 날카로운 마음을 버리고 루이가 들려주는 사막과 별 이

야기에 귀 기울였으리라. 그리고 그 순간 누구에게도 쉽게 열지 않았던 마음의 문이 열리는 소리를 들었을 것이다. 그리고 어딘가로 여행을 떠나는 저 별똥별들에게 물었을 것이다. 우리는 어디로 가야 하는지를.

아! 이 작은 오아시스가 우주를 품었구나

문득 내가 이 먼 사막까지 왜 왔는지 궁금해졌다. 언제부터 나는 사막을 그리워했던 걸까? 아마도 그것은 긴 시간을 거슬러가야 할 것이다. 대학교 신입생 시절 내게 조용히 걸어온 한 편의 시는 소주 한 잔과 더불어 나를 취하게 만들었다. 그때부터 나는 사막을 짝사랑했고, 오래도록 가슴앓이를 했다. 그런데 이렇게 그 사랑을 만나다니. 믿을 수가 없다.

평생 사막을 걸어본 적은 없지만
하루를 빼놓지 않고 사막을 걸어가는
모래소리
그 소리가 날 지구보다 먼데 가 있게 하고
그 소리가 날 나보다 먼데서 오게 한다.

— 이생진, 〈평생 사막을〉

아침에 눈을 뜨자마자 루이가 내게 묻는다.

"한국말로 아침인사가 뭐야?"

"잘 잤니? 라고 하면 돼."

"인호, 잘 잤니?"

루이는 나의 대답이 끝나기가 무섭게 나에게 이렇게 인사를 했다. 루이는 사막 위를 걷는 1주일 동안 아주 자연스럽게 '잘 자!'와 '잘 잤니?'로 나를 즐겁게 해주었다. 우리는 이 '두 단어' 때문에 친구처럼 가까워질 수 있었고, 손님과 종업원의 불편한 관계에서 벗어날 수 있었다. 우리는 이름 없는 수많은 별들 중의 하나일 뿐이었다.

"인호, 오늘은 오아시스를 찾아 갈 거야. 물이 많이 필요하거든."

"오아시스! 정말 멋진데, 얼마나 가면 도착할 수 있어?"

"반나절은 걸어야 할 거야. 거기서 점심을 먹을 거야."

그리고 이렇게 덧붙였다.

"오아시스가 없었다면, 나는 이 일을 하지 못 했을 거야. 많은 물을 낙타에 싣거나 직접 이고 다니는 것은 불가능하거든. 그래서 그 작은 물웅덩이가 나에겐 정말 소중한 친구야."

"와, 소중한 친구라. 멋진데. 그 친구 빨리 만나보고 싶네."

우리는 뜨거운 태양을 등에 지고 몇 시간을 걸었다. 태양이 사막을 짓누르고 있어서 사막은 겨우 숨을 쉬고 있는 듯 보였다. 낙타와 우리도 지쳐갔다. 목이 마르고 생각도 말라갔다. 머리에 뒤집어쓴 터번도 뜨거운 돌덩어리처럼 느껴졌다. 그때 갑자기 루이가 말을 건넸다.

"이 모래 언덕만 넘으면 오아시스가 나올 거야."

그 말이 끝나자 정말 오아시스가 저 멀리서 신기루 같이 아른거리기 시작했다.

"루이! 저기 반짝이는 거, 오아시스 맞지?"

"그래, 내 친구 오아시스야."

루이는 고개를 끄덕이며 대답했다. 오아시스는 어젯밤에 보았던 별처럼 반짝거리고 있었다.

"인호, 혹시 오아시스는 어떻게 만들어지는 건지 알아?"

루이가 내게 물었다.

"글쎄, 잘 모르는데. 그냥 비가 와서 고인 거 아냐?"

"아니. 오아시스는 별들이 흘린 눈물이야. 밤하늘을 자세히 보면 간혹 눈물을 머금고 있는 별들이 있어."

"오! 정말? 난 별들이 모두 웃고 있는 거라 생각했는데……."

"거문고의 명수, 오르페우스와 뱀에 물려 죽은 그의 아내 에우리디케와 슬픈 이별이 담긴 거문고 별자리, 서로를 너무 사랑한 나머지 자신들의 일을 하지 않아 이별을 해야 했던 견우와 직녀의 별자리 등, 울고 있는 별자리는 참 많아."

정말 오아시스는 아름다운 이별의 눈물만큼 맑고 깨끗했다. 멀리서 보면 모래나 진흙 속에 고여 있는 흙탕물처럼 보이지만 가까이 다가가면 마치 거울을 보는 것처럼 맑고 고요하다. 오아시스는 하얀 모래사막 위의 푸른 바다다. 그 속에는 푸른 하늘이 얼굴을 비추고 있고, 구름이 흘러가고 있으며, 바람이 내려와 놀고 있다.

'아! 이 작은 오아시스가 우주를 품었구나.'

루이와 나는 오아시스에 발을 담근 채 무거워진 몸과 마음을 내려놓았다. 낙타도 물을 마시며 긴 여행의 피로를 풀었다. 정말 친구란 이런 것이어야 할 것 같다. 언제나 같은 자리에서 변함없이 기다려주는 것, 그리고 자신의 것을 아낌없이 주는 것, 상대가 떠나가도 슬퍼하지 않고 또다시 기다려주는 것. 그럴 때 어린 왕자가 말한 것처럼 서로에게 '기적'이 일어나고 진정한 친구가 되는 것이리라.

　루이는 나에게 단순한 친구가 아니었다. 그는 신비주의 우화 시 〈사막의 지혜〉에서, 바람이 사막을 건널 수 있게 강물을 도와주었던 것처럼 내가 사막을 건널 수 있도록 나의 손을 잡아준 바람이었다.

　강이 있었다.

　그 강은 머나먼 산에서 시작해 마을과 들판을 지나

　마침내 사막에 이르렀다.

　강은 곧 알게 되었다.

　사막으로 들어가기만 하면

　자신의 존재가 사라져버린다는 것을

　그때 사막 한가운데에서 어떤 목소리가 들려왔다.

　'바람이 사막을 건널 수 있듯이

　강물도 건널 수 있다.'

　강은 고개를 저었다.

　사막으로 달려가기만 하면

　강물이 흔적도 없이 모래 속으로 사라져버린다고.

　바람은 공중을 날 수 있기에

　문제없이 사막을 건널 수 있는 것이라고

사막의 목소리가 말했다.

'그 바람에게 너 자신을 맡겨라.

너를 증발시켜 바람에 실어라.'

하지만 두려움 때문에 강은

차마 자신의 존재를 버릴 수가 없었다.

그때 문득 어떤 기억이 떠올랐다.

언젠가 바람의 팔에 안겨 실려가던 일이

그리하여 강은 자신을 증발시켜

바람의 다정한 팔에 안겼다.

바람은 가볍게 수증기를 안고 날아올라

수백 리 떨어진 건너편 산꼭대기에 이르러

살며시 대지에 비를 떨구었다.

— 류시화, 《사랑하라 한 번도 상처받지 않은 것처럼》 중 〈사막의 지혜〉에서

　나는 사막의 끝에서 루이와 헤어져야 했다. 사막은 끝이 없는
데 우리의 시간은 끝이 났다. 나는 감사의 표시로 루이에게 팁을 건
넸다. 팁은 손님과 종업원 관계의 연속이라는 것을 나는 잊고 있었
다. 루이는 팁을 받지 않았다. 팁을 받아도 그것은 주인의 몫이 되어
버린다는 것이다. 눈물이 났다. 조금이라도 도움을 주고 싶었는데

사막, 이집트

……. 결국, 나는 쓰고 있던 모자와 아끼는 반팔 티셔츠를 루이에게 건넸다.

"이건 팁이 아니라 선물이야."

루이는 별처럼 반짝이는 미소로 나를 쳐다보았다.

그는 내게 친구가 무엇인지, 삶의 사막은 어떻게 건너야 하는 것인지 가르쳐준 어린 왕자이며 바람이 분명했다. 그래서 아직도 밤하늘의 별을 볼 때면 웃고 있는 루이가 생각난다.

3
손, 갈라진 삶의 그림자

낙안, 중국

*

참 좋은 울음터로다, 한바탕 울어볼 만하구나

친숙함과 편안함은 우리를 권태롭게 만든다. 그리고 그것들은 삶의 빛을 조금씩 앗아간다. 소리 없이 우리에게 다가오는 죽음의 병이다. 하지만 이 고약한 병을 치료할 방법은 어디에도 없다. 오로지 '신(神)'을 만나는 것만이 우리가 이 병으로부터 해방될 수 있는 유일한 길이리라.

그렇다면 우리는 초시간적이면서 동시에 시간을 주재하는 '신'을 어떻게 만날 수 있을까? 그것은 우리도 과거-현재-미래로 연결된 시간의 연속성 속에서 이탈하면 된다. 즉 나를 둘러싸고 있는 과거의 아픔이나 추억, 현재의 피로나 욕망, 미래의 희망이나 두려움에서 벗어나 낯선 곳으로 여행을 떠나면 된다. 쇼펜하우어가 말한 것처럼 동일한 책 속의 서로 다른 장에 불과한 현실의 삶과 꿈에서 우리는 책의 순서대로 읽어나가는 것이 아니라 여기 저기 건너뛰며 읽어가는 꿈의 세계로 떠나면 되는 것이다.

이처럼 여행을 떠난다는 것은 현재의 친숙함과 삶을 옭아매고 있는 과거와 미래로부터의 탈출이다. 우리는 낯선 곳에 던져질 때 두려움과 공포감에 휩싸이게 되고, 그럴 때 우리의 의식과 눈을 가로막았던 과거와 미래는 홀연 우리 곁을 떠나게 된다. 새롭게 만든 낯선 곳에서의 현재, 여행을 떠나기 전의 현재와는 다른 궤도 속에 존재하는 그 시간(현재)에 몰입하기 때문이다. 괴테의 말처럼 '낯선 곳에서의 현재는 가장 믿음직한 여신'이 되어 내 앞에 불쑥 나타나게 된다. 하지만 이 시간은 나를 앞에서 끌어가는 것이 아니라 그림자가 되어 말없이 나의 뒤를 따라올 것이다. 낯선 곳에 떨어진 나는 드디어 그 전과 다르게 시간의 주체가 된다. 이렇게 시간의 주재자가 되면 공포와 권태는 안개 걷히듯 사라지고 그 자리로 신들을 조용히 불러들일 수 있다.

우울함과 그리움이 내 몸 구석구석 뿌리내리고 있던 젊음의 끝자락에서 나는 그것들로부터 도피하듯 낯선 중국 땅으로 홀로 떠났다. 그리고 그곳에서 중국 친구 야오밍을 만났다. 나는 그의 선한 눈빛과 투박하고 따뜻한 손 그리고 그의 가족을 통해, 나의 심연에 무엇이 일렁이고 있는지, 신은 어떻게 내게 다가오는지를 어렴풋하게 알게 되었다. 낯선 이들의 삶이 내 속에 감춰진 본연의 것들과 신적 영혼을 만날 수 있도록 길이 되어준 것이다. 그들과의 만남은 나를 생선처럼 파닥거리게 만들었다.

비닐이 떨어져나가는 그 파닥거림. 그것은 잠자고 있던 나의 영혼을 세차게 흔들었다. 나와 다른 시간의 궤도 위를 달리는 타자야 말로 내가 찾던 '신적 영혼'이며 또 다른 나의 심연이라는 사실이 가슴 깊게 밀려온 것이다. '그래, 나와 타자는 모양이 다른 각각의 우주임이 분명해. 우주를 품고 있으면서 동시에 우주 속에 살고 있는 존재로서의 나와 타자. 만약 여행을 떠나지 않았다면, 그래서 낯선 이들의 마음에 나의 영혼을 비추어보지 못했다면, 내가 얼마나 깊은 우주를 갖고 있는지 알 수 없었을 거야.'

무더운 여름 7월, 나는 북경에서 낙안으로 가는 삼등칸 기차에 올랐다. 나는 만주족 친구를 우연히 만나 중국에서 기차를 저렴하게 탈 수 있는 방법을 알게 되었다. 그의 말에 따르면 중국은 외국인에게 중국인에 비해 2배 이상이나 비싸게 기차 삯을 받는다는 것이었다. 그래서 내국인 표를 구할 수만 있다면 배낭족인 나에게 많은 도움이 될 거라고 그는 귀띔해주었다. 가난한 배낭족인 나(중국 한달 여행비용 총 46만 원, 왕복 배삯을 포함한 금액)에게 이보다 좋은 정보는 없었다. 결국 나는 선한 인상의 중국인 아저씨의 도움으로 낙안행 삼등칸 표를 중국인 가격으로 구할 수 있었다. 하지만 기차 표를 싸게 구했다는 기쁨은 잠시뿐이었다. 기차 칸에 오르는 순간 예상치 못했던 일이 나를 기다리고 있었기 때문이다.

차 안은 짐과 사람들로 인산인해를 이루고 있었다. 그런데 이상하게도 이렇게 많은 사람들 중에 외국인은 한 명도 보이지 않았다. 오로지 중국인들뿐이었다. 아뿔싸! 내 기차표는 중국인 전용이라는 것을 나는 잊고 있었던 것이다. 그 순간 나는 왠지 모를 공포감에 휩싸이고 말았다. 그들의 시선이 갑자기 무겁고 거칠게 느껴지기 시작했다. 목청을 한껏 높여서 소리치듯 쏟아내는 그들의 대화 때문인지 나는 시장터나 피난지 한가운데서 엄마의 손을 놓쳐버린 어린 아이가 되어버린 듯했다.

통로는 사람들이 가져온 짐으로 막혀 그 기능을 상실해버린 지 오래다. 통로에 쌓인 많은 짐들과 양손에 녹차 잎이 가라앉은 물병을 들고 있는 중국인들 사이를 헤집고 겨우 자리를 찾았다. 하지만 나는 다시 한번 놀라고 말았다. 덩치 큰 사람들이 아무 일 없다는 듯 버젓이 내 자리에 앉아 있었기 때문이다. 그리고 그 좌석은 팔걸이가 없었다. 타인의 자리와 경계를 지을 수 있는 그 어떤 것도 존재하지 않았기 때문에 나만의 자리라고 고집할 상황도 아니었다. 세 명이 함께 앉아야 하는 비좁은 자리에서 엉덩이가 큰 사람이 더 많은 자리를 차지할 수밖에 없는 원초적인 방식이 거부할 수 없는 진리처럼 느껴졌다. 이런 자리 배분 방식에 무덤덤해지고, 그들의 차갑고

낙안, 중국

무거운 시선에서 벗어날 수 있는 길은 오직 잠을 자는 것밖에 없다는 사실을 나는 직감하고 있었다.

불편한 몇 시간이 덜컹거리며 지나갔다. 잠에서 깨어 눈을 떠보니 나는 의자 끄트머리로 밀려나와 위태롭게 앉아 있었다. 세 명이 앉아야 할 자리가 어느새 네 명으로 채워져 있었기 때문이다. 옆 사람들은 코를 골며 잠에 빠져 있었고, 따져 묻지 말라는 투의 고단한 얼굴로 나의 놀란 입을 막아버렸다. 결국 나는 일어서야 했고 통로에 배낭을 깔고 앉는 수밖에 없었다. 나 역시 통로를 막아버린 또 다른 짐짝이 된 것이다. 이런 저런 자괴감이 나의 머리를 짓누르고 있을 때쯤, 건너편에 앉아 있던 젊은 청년의 시선과 나의 눈이 마주쳤다. '혹시 저 시선은 도둑의 것이 아닐까?'라는 두려움이 나를 긴장시켰다. 하지만 나의 오해는 오래가지 않았다.

한참을 망설이던 그 젊은이는 용기를 냈는지 나에게 다가와 'H.O.T'이라는 한 마디를 던졌다. 처음엔 무슨 말인지 이해할 수 없었다. 그때 대부분의 사람들은 기차 직원이 부어주는 뜨거운 물로 컵라면을 먹고 있었다. 그래서 나는 그 젊은이가 나도 뜨거운 물을 원하는지 친절하게 묻고 있는 것이라 생각했다. 그래서 나는 괜찮다고 대답했다. 하지만 그는 손가락으로 나의 이어폰을 가리키며 다시 한번 말했다.

"H.O.T?"

그제야 나는 그가 말하고 싶어 하는 것이 무엇인지 이해할 수 있었다. 그는 내가 듣고 있는 음악이 아이돌 그룹 'H.O.T'이 노래인지를 물었던 것이다. 당시 중국에서 유행한 한국의 아이돌 그룹, 'H.O.T'를 이 청년도 좋아하고 있었던 것이다.

청년의 이름은 야오밍이었고, 나이는 스물한 살이었다. 우리는 짧고 간단한 영어로 H.O.T의 음악과 한국의 아이돌 가수들에 대해 이야기했다.

"저에게 H.O.T는 혁명이죠. 그들은 나에게, 아니 중국 젊은이들에게 신세계를 보여주고 있거든요."

사실 나에게 H.O.T는 춤 잘 추고 잘 생긴 외모의 가수일 뿐이었다. 하지만 야오밍과 중국 젊은이들에게는 새로운 세상을 보여준 혁명의 기제가 되고 있다는 사실이 놀라웠다.

"야오밍, 어떤 점에서 그들이 혁명적이라고 말할 수 있는 거지?"

야오밍은 어설픈 영어로 대답했다.

"중국에는 존재하지 않는 것, 하지만 우리 가슴은 언제나 갈망하는 그 무엇을 그들은 보여주고 있거든요."

"그래, 야오밍과 중국 젊은이들이 갈망하는 게 뭐야?"

한참을 망설이며 고민하던 야오밍은 다시 말을 이어갔다.

"저도 구체적으로 말하기는 힘들지만 아마도 그건 중국의 현실과 맞닿아 있는 거라고 생각해요. 중국은 땅의 크기만큼 생각이 크지 않거든요. 그리고 그 넓은 대륙 어디에도 젊은이들의 열정을 자유롭게 쏟아낼 수 있는 곳은 없어요."

이쯤에 미치자 나는 야오밍과 중국 젊은이들에게 H.O.T가 어떤 의미로 그들의 가슴속에 깊게 스며들었는지 이해할 수 있었다. 아마도 야오밍은 H.O.T를 통해서 그동안 보지 못했던 새로운 세계를 보았고 그들의 내면에도 그만한 세계가 자라고 있음을 깨달은 것 같았다.

H.O.T의 노래와 춤을 이야기하는 동안 야오밍의 눈은 빛나고 있었다. 너무 기쁜 나머지 금방이라도 왈칵 눈물을 쏟아낼 것처럼 보였다. 야오밍의 그런 눈은 나의 가슴을 뛰게 만들었다. 하나의 노래에서 새로운 세상을 발견하고 그곳에 도달하기 위해 닫혀 있는 모든 문들을 박차고 나오려는 그의 뜨거운 모습이 나와는 너무 달라 보였기 때문이다.

조선 후기 연암 박지원이 중국의 광활한 대륙을 만나는 순간 쏟아내고 싶어 했던 눈물도 이와 다르지 않았을 것이다. 답답하리만큼 폐쇄적이고 강압적인 유교적 삶이 중국의 땅을 밟는 순간 하나도 남김없이 날아가버리는 기쁨을 연암은 맛보았으리라. 넓은 대륙만큼이나 다양한 생각과 문화가 공존하는 중국이 연암은 부러웠으리라.

나는 오늘에서야 비로소 사람이란 본디 어디고 붙어 의지하는 데가 없이 다만 하늘을 이고 땅을 밟은 채 다니는 존재임을 알았다. 말을 멈추고 사방을 돌아보다가 나도 모르게 손을 이마에 대고 말했다.

"아, 참 좋은 울음터로다. 한바탕 울어볼 만하구나!"

정 진사가 "이 천지간에 이런 넓은 안계(眼界)를 만나 홀연 울고 싶다니 그 무슨 말씀이오?" 하기에 나는, "참 그렇겠네. 그러나 아니오. 천고의 영웅은 잘 울고 미인은 눈물이 많다지만 그들은 불과 두어 줄기 소리 없는 눈물로 그저 옷깃을 적셨을 뿐이요. 아직까지 그 울음소리가 쇠나 돌에서 짜나온 듯하여 천지에 가득 찼다는 것은 듣지 못하였고 (......) 답답하고 울적한 감정을 확 풀어버리는 것으로 소리쳐 우는 것보다 더 빠른 방법은 없고, 울음이란 천지간의 뇌성벽력에 비할 수 있는 게요. (......) 그러나 정말 칠정에서 우러나오는 지극하고 참다운 소리는 참고 억눌리어 천지 사이에 서리고 맺혀서 감히 터져나올 수 없는 법입니다."

― 연암 박지원, 《열하일기》 중에서

　　야오밍과 나는 노트에 어설픈 영어를 써가며 긴 시간 동안 대화를 나누었다. 비록 우리는 영어로 자신이 하고픈 말들을 완벽하게 표현해낼 수 없었지만 진실한 마음을 전달하기에는 충분했다. 기차 칸은 시장처럼 복잡하고 소란스러웠지만 이런 상황이 우리의 호기심 어린 대화를 막지는 못했다. 앳된 얼굴과 조그만 체구의 스물한 살 대학생, 야오밍. 그는 박지원이 '한 바탕 울음터'를 만나 천지간의 뇌성벽력 같은 울음을 쏟아내려 한 것과 같이 한국의 대중음악과 문화를 만나 그 위에 자신의 억눌린 열정을 쏟아내고 있었다.

그렇게 긴 시간 이야기를 나눈 후 우리는 오랜 된 친구처럼 편안한 사이가 되었다. 나는 H.O.T의 음반을 그에게 선물로 주었다.

"나는 서울로 돌아가면 또 살 수 있으니까 이 음반을 너에게 줄게."

그러자 야오밍은 놀란 눈빛으로 나를 쳐다보았다.

"이 음반의 주인은 야오밍이 아닐까 생각해. 진심 어린 열정으로 나보다 훨씬 더 H.O.T를 좋아하고 있는 건 야오밍 너잖아."

뜻밖의 선물을 받아서인지 야오밍은 한참 동안 아무 말도 하지 않았다. 잠시 후 야오밍은 내가 음반을 준 것보다 더 놀라운 제안을 했다. 자신의 집이 낙안인데 나를 초대하고 싶다는 것이다. 나는 뭔지 모르는 불안감으로 인해 잠시 망설였지만 이내 그의 초대를 받아들였다.

이것은 우정을 맛보지 않은 자들에게는 상상할 수 없는 행동이다. 그리고 이 때문에 나는 한 젊은 병사가 키로스에게 한 대답을 훌륭한 대답이라고 칭찬한다. 키로스가 그 병사에게 경기에서 승리한 말을 얼마 주면 팔겠느냐고, 왕국을 주면 그 말과 바꾸겠냐고 물어보자, "못합지요, 전하. 그러나 내가 친우로 맺을 수 있는 사람을 하나 발견 한다면 친우를 얻기 위해서 이것을 내놓겠습니다"라고 하였다.

— 몽테뉴, 《에세이》 중에서

여기 내 손이 있어요, 내 마음도 손과 함께 있어요

드디어 기차는 낙안 역에 도착했다. 한 무리의 사람들이 썰물처럼 기차 밖으로 쏟아져나왔다. 나도 그 사이에 끼어 떠밀리듯 튕겨나왔다. 역시 중국이다. 어디를 가나 보이는 건 개미떼처럼 움직이는 사람들뿐이다. 야오밍은 이런 낯선 상황에 내가 긴장하고 있다는 것을 눈치챘는지 불쑥 나의 손을 잡았다. 이성친구가 아닌 남자의 손을 잡아본 경험은 거의 없다. 그래서였을까? 약간의 거부감이 피를 타고 온몸으로 퍼져갔다. 하지만 야오밍의 까칠하고 투박한, 그렇지만 따뜻한 손을 뿌리칠 수는 없었다. 나는 그의 마음을 알고 있었기 때문이다. 아무리 갑작스런 접촉일지라도 진심이 담겨 있음을 느낄 수만 있다면 그것은 상대방의 영혼에 작은 울림을 일으키기에 충분하다는 것을 나는 알고 있다.

"여기 내 손이 있어요. 내 마음도 손과 함께 있어요."

셰익스피어의 작품 《템페스트》에서 자신의 손을 잡으라는 페르디난도에게 미란다가 말한 것처럼, 나는 야오밍의 손을 통해 그의 마음도 함께 잡았다.

야오밍은 역을 빠져나오기가 무섭게 공중전화로 달려갔다. 그는 한참 동안 여기저기 전화를 걸었다. 그리고 곧바로 정차해 있는 택시로 나를 데려갔다. 택시 내부는 운전기사와 손님이 접촉할 수 없도록 감옥 쇠창살처럼 칸막이가 쳐져 있었다. 그 창살을 보는 순간 작은 공포감이 밀려왔다. 야오밍이 오랜 시간 어딘가에 전화를 걸고 정차해 있던 택시에 무작정 나를 태운 일련의 일들이 무슨 음모라도 있는 건 아닌가 걱정이 되었던 것이다.

택시는 30여 분 동안 흙먼지 날리는 시골길을 달렸다. 차창 밖에는 멋진 시골풍경들이 지나가고 있었다. 논밭 끝자락에는 낮은 민둥산들이 다소곳이 앉아 넓은 평원들을 바라보고 있었고, 모든 것이 낮게만 드리워져 있어 지평선이 너무나 분명하게 그 정체를 드러내고 있었다. '아! 하늘은 높은 것이 아니라 둥근 것이구나.' 하지만 이런 멋진 풍광들도 나의 시선에 오래 머물지는 못했다. 그것들이 모세혈관을 타고 나의 가슴으로 파고드는 것을 불안감이 막고 있었기 때문이다. 그 풍광들은 눈썹 위에 앉은 먼지처럼 눈을 깜빡이는 사이 나의 의식 속에서 가볍게 날아가버렸다.

나는 약간 떨리는 목소리로 야오밍에게 물었다.

"야오밍, 우리 지금 어디로 가는 거야?"

그러자 야오밍은 아무렇지도 않다는 듯이 대답했다.

"내가 기차에서 말한 것 잊었어요? 우리 집으로 가고 있어요. 5분 정도만 더 가면 돼요."

하지만 나는 쉽게 마음이 놓이지 않았다. 하지만 내가 의지할 수 있는 건 단 하나, 조금 전 기차역에서 불쑥 나의 손을 잡았던 그의 따뜻한 손. 잠시 후 멀리서 집들이 하나 둘 나타나기 시작했다. 마을 어귀에 모여 있는 사람들이 보였다.

"저기가 우리 동네에요. 아마 저기 모여 있는 사람들은 우리 가족과 동네 사람들일 겁니다. 내가 외국인 친구와 함께 간다고 전화했거든요. 그래서 시집간 누이들도 온다고 했어요."

이 말을 듣는 순간 굳어 있던 나의 심장은 얼음 녹듯 풀어지기 시작했다. 그리고 나의 시선은 그의 투박한 손에 머물렀다. 내가 저 따뜻한 손을 믿지 못했다니. 미안한 마음에 야오밍의 얼굴을 똑바로 쳐다볼 수가 없었다.

"잘 왔어요. 오느라 고생했지요?"

얼굴에 주름이 가득한 야오밍의 어머니는 나의 손을 덥석 잡았다. 그 옆에서 부처의 얼굴을 하고 있는 야오밍의 아버지도 눈웃음으로 나를 환영해주었다. 동네사람들과 시집 간 누이들도 이 외진 시골마을에 외국인이 왔다는 사실이 신기한 듯 즐겁게 맞아주었다. 옥수수와 감자 농사를 짓는다는 야오밍의 어머니는 나의 어머니와 너무 많이 닮았다는 생각이 나의 가슴을 먹먹하게 만들었다. 주름지고 투박한 손등, 여인의 손이라고는 믿어지지 않는 굳은 살 박힌 손가락들, 검게 멍들고 때가 끼어 있는 손톱이 나의 손등을 연신 쓰다듬었다. 이 따뜻하고 아름다운 손. 나의 어머니와 닮은 이 손.

나는 한때 어머니의 손을 부끄러워한 적이 있었다. 학교를 찾은 어머니의 초라한 모습, 그 중에서도 보잘것없어 보였던 그 손이 싫어서 나는 어머니를 외면했었다. 어느 중국 소설에서 한 소년이 노인의 손을 바라보았듯 나는 그렇게 어머니의 손을 거부했던 것이다.

낙안, 중국

손바닥은 거의 네모반듯했다. 손가락이 두껍고 짧은데다 어느 하나도 곧은 게 없었다. 등이고 바닥이고 온통 굳은살 투성이었다. 둥근 손가락이 마치 반쪽자리 누에고치에 손톱을 얹어 놓은 것 같아 나뭇가지로 만든 작은 써레와 비슷했다. 그러나 그 학생은 이 손을 좋아하기보다는 어쩐지 우습게 보는 것 같았다. 마치 '이런 걸 어떻게 손이라고 해!'라고 말하는 것 같았다.

— 자오수리(趙樹理), 《감쌀 수 없는 손》 중에서

그런데 나는 그렇게 거부했던 어머니의 손을 지금 낯선 중국 땅에서 만나고 있다. 늘 자식만 바라볼 뿐 자신의 삶은 거친 손가락 사이로 모래가 빠져 나가듯 사라지고 있는 것을 덤덤하게 끌어안고 살아온 어머니. 물기 하나 없는 사막 같았던 삶의 징표, 그 손이 상처를 어루만지듯 나의 손을 감싸고 있는 것이다. 아무도 내게 말해주지 않았던 하지만 너무나 자명하게 내 삶을 지탱해준 원초적 감정, 어머니에 대한 그리움. 그 뜨거움이 지금 나의 심연에서 일렁이고 있다. 낯선 이의 투박하기만 한 손끝을 타고 나의 텅 빈 육체 속으로 소리 없이 어머니가 들어오고 있었다.

나는 분명 빈집이었다. 아무도 들어와 살 수 없는 고독한 집이었다. 프란츠 카프카의 우주 질서 속 어느 한 점, 아주 작은 어느 한 구석에조차 존재할 수 없었던, 견딜 수 없는 비극적 고독이 들어와 앉아 있는 그런 집이었다. 어머니와 누이들을 모두 몰아내고 문을 꼭 꼭 걸어잠근 빈 집. 그 속에서 나는 우울했다. 그리고 누군가를 그리워했다. 하지만 어느 누구도 나의 빈 집으로 들어오지는 못했다. 그렇게 나의 빈 집은 굳게 닫혀 있었다. 그런데 지금 어머니가 나의 빈 집으로 들어와버렸다. 그것도 오랜 시간 열리지 않았던 빈 집의 녹슨 문을 아주 쉽게 열면서……

야오밍의 집은 좁은 방 2칸과 작은 거실 겸 부엌이 전부였다. 나는 아이의 키보다 작은 소파에서 잠을 잤다. 그리고 화장실 정화조의 물을 받아 세수를 했다. 기름진 칼국수와 만두를 먹었다. 그렇게

낙안, 중국

이틀을 이곳에서 머물렀다. 불편했지만 너무나 행복했던 공간이었다. 야오밍의 집을 나오던 날, 그의 어머니 손에는 꼬깃꼬깃한 지폐 몇 장이 수줍은 듯 쥐어져 있었다.

"적지만 여비 해요. 다음에 또 놀러 오고."

그의 어머니는 나의 어머니가 그랬듯이 마치 먼 객지로 떠나는 아들을 배웅이나 하듯이 나의 손을 꼭 잡았다. 나의 손바닥에는 땀에 젖은 지폐 몇 장이 건네졌고 나의 눈시울은 붉어졌다.

"네, 꼭 다시 놀러 올게요. 안녕히 계세요, 어머니."

나는 인사를 끝내고도 야오밍 어머니의 따뜻한 손을 오랜 시간 놓지 못했다.

여행의 길 위에는 내가 그리워하는 것들이 이름 모를 가로수처럼 그렇게 서 있다. 그리고 그것들은 나의 어리석은 질문에도 언제나 웃으며 답을 준다. 때로는 시원한 바람으로, 때로는 짙은 그늘로, 때로는 멋진 단풍잎으로. 분명 그들은 내가 몰랐던 또 하나의 우주였다. 그것도 나의 삶과 내가 찾던 신의 영혼이 함께 들어있는 우주. 만약 이 낯선 이들을 만나지 못했다면 나는 내가 잃어버린 것이 무엇인지, 텅 빈 나의 집을 무엇으로 채워야 하는지 알지 못했을 것이다. 그리고 나 또한 누군가를 품어줄 수 있는 광활한 우주임을 알지 못했을 것이다.

4부

삶과 죽음,
그 축제에 관하여

1
광장, 디오니소스와 광기

팜플로나, 스페인

*

삶의 열정과 죽음이 뒤엉킨 모순의 색, 피

나는 지금 성난 황소의 시선에 가슴이 뛰고 있다. 황소는 공포스러운 근육을 천천히 움직이며 자신의 창인 단단하면서도 뾰족한 뿔을 이리저리 휘두른다. 검붉은 털들은 화가 났는지 아니면 긴장했는지 빳빳하게 서 있다. 그리고 독기 가득한 두 눈은 나의 붉은 손수건에 박혀 있다. 그러나 나는 성난 황소가 무섭지 않다. 오히려 급류 같은 흥분이 밀려올 뿐이다.

나는 침묵의 미덕을 잃어버리고 감정의 조절 능력을 상실한 채 성난 황소처럼 소리치고 있는 나를 보았다. 나를 구속했던 금기의 것들이 한 순간 모두 날아가버렸다. 지금 나는 스페인 팜플로나 시

광장에서 시작된 '산 페르민(San fermin) 소몰이' 축제에 취해 있다. 광장에 모인 사람들은 아래 위 모두 흰색 옷에 붉은 허리띠 혹은 붉은 머플러를 하고 있다. 흰색과 붉은색은 아마도 순수함 속의 뜨거운 피를 상징하는 것이 아닐까. 황소들을 쾌락의 끝으로 몰아가는 이 빛깔, 삶의 열정과 죽음이 뒤엉킨 모순의 색, 붉은 피.

이 축제 속에서 붉은 색에 미쳐가는 것은 황소만이 아니다. 용기로 자신의 몸을 치장한 젊은 소몰이꾼들도 붉은 색에 미쳐 있다. 황소들이 소몰이꾼들을 향해 폭풍처럼 달려들 때마다 그들은 불덩이처럼 소와 맞선다. 황소에게 짓밟히거나 혹은 황소의 뿔에 찔릴지라도 그들은 결코 물러나지 않는다. 광장과 길거리를 가득 메운 사람들, 특히 젊은 여인들의 환호성이 그들을 지켜주고 있기 때문이다. 소몰이꾼들의 진정한 쾌락은 황소를 맞서는 데 있지 않다. 자신의 젊음과 용기를 부러워하거나 혹은 존경하는 사람들의 시선, 거기에 있다.

축제는 광기의 쾌락이 그 중심을 이룬다. 다시 말해 광기가 없는 축제는 축제가 아니다. 축제는 모두가 일상의 금기를 깨부수고 광기의 몸짓을 발산할 때만이 뜨겁게 달궈질 수 있다. 나 혼자가 아닌 모두가 그리고 개인적인 공간이 아닌 모두의 공간인 광장에서의 광기는 무서운 쾌락의 힘이 된다.

축제에서는 나를 버려야 한다. 도덕과 타인의 시선에 갇힌 나를 구출해야 한다. 하지만 자신 안에 잠든 광기를 깨우기란 결코 쉽지

않다. 그래서 축제라는 특별함을 빌리거나 혹은 밤과 술의 힘을 빌린다. 특히 술은 광기를 불러내는 강한 에너지다. 축제의 신 디오니소스가 포도주를 인간에게 선물하고, 그 자신도 광인이 되었듯이 축제에서 술은 신의 또 다른 이름이 된다.

팜플로나, 스페인

이것이 당신 와인의 놀라운 효과라오. 왜냐하면 와인은 제정신이 아닌 물건이기 때문이오. 그것은 현명한 인간을 마치 소녀처럼 노래하고 킬킬거리며 웃게 만든다오. 그것은 인간을 춤추게 유혹하고, 말하지 않는 편이 좋을 것도 부지중에 떠들게 한다오.

— 호메로스, 《오뒷세이아》 중에서

한낮의 뜨거웠던 소몰이 축제는 밤이 되어도 끝나지 않는다. 소몰이 대신 술의 축제가 열리기 때문이다. 밤의 광장은 다시 한 번 뜨거워진다. 고대 그리스인들은 광장에 모여 피토이[곡주를 담은 항아리] 축제를 즐기면서 이렇게 외쳤다.

"서글픈 저승세계의 신들의 문이 열리듯이 세상이 열리면, 우리는 저승세계에 제물을 바친다. 그러면 그 대가로 최상의 선물을 받는다."

그들은 피토이로부터 나온 불멸의 와인 향기로 목마른 자와 죽은 자를 구원할 수 있으며, 땅 속에 은신하고 있던 디오니소스도 되살릴 수 있다고 믿었다. 지금 팜플로나 시 광장에 퍼지는 와인 냄새도 그리스인들의 피토이 축제 향기 못지않다. 낯선 나에게도 그들은 선뜻 술병을 건넨다. 도덕의 옷을 입고 축제의 바깥에서 수줍게 축제의 안을 들여다보기만 하는 나를 디오니소스로 만들어 함께 광기를 즐기고자 함이리라.

축제의 신 디오니소스가 문명화되지 않은 것과 인간의 본성적 야생성을 대표하는 신이듯이, 축제를 통해 우리는 원초적 욕망에 몸을 맡기는 인간으로 다시 태어난다. 성 바울은 "광기는 정신착란이 아니라 순수함의 상태, 즉 아이들의 상태"라고 말했다. 광기는 머리를 비우고 정신을 일상적인 것들에게서 해방시키는 기운이며, 타인과의 경계를 지워버려 나를 잃어버리게 만드는 환각제이리라.

실로 술은 잠자고 있던 나의 육체를 깨웠다. 그 중에서도 나의 입을 깨웠다. 술과 음식이 끊임없이 입으로 들어가면서 나는 그들에게 알 수 없는 말들을 쏟아냈다. 하지만 그들은 나의 말들을 제대로 알아듣지 못했다. 나 역시 그들의 말을 이해할 수 없었다. 하지만 우리에겐 유쾌한 웃음이 있었다. 수없이 많은 말보다 간혹 터지는 웃음이 타자라는 경계를 무너뜨렸고, 무거웠던 나를 그 가벼운 웃음 속으로 집어넣어버렸다.

"너, 지금 뭐라고 말한 거지?"

한 친구가 내게 물었다.

"나도 몰라. 지금 나는 내가 말하는 것이 아니거든."

나는 대답했다.

"그럼 누가 말하는 거지?"

친구는 재미있다는 듯 다시 물었다.

"아마도 돈키호테가 말하고 있는 게 아닐까 싶은데."

"그래, 그럼 나도 내가 아닌 디오니소스가 아닐까 싶네."

"하하……."

웃음은 그치지 않고 터져나왔다.

인생이란 꼭 이해해야 할 필요는 없는 것,
그냥 내버려두면 축제가 될 터이니

그래, 지금의 나는 내가 아닌 게 분명하다. 낯선 도시에서 낯선 축제를 즐기며 낯선 사람들과 술을 마시며 웃고 있다니. 어제의 나라면 분명 불가능한 일이다. 이 팜플로나 시 광장에 오지 않았다면, 성난 황소의 시선을 만나지 못했다면 나는 돈키호테같은 광기를 뿜어내지 못했을 것이리라.

나는 지금 돈키호테다. 몽상과 광기에 갇혀 현실을 버리고 이상을 좇았던 돈키호테다. 풍차를 거인으로, 초라한 여인숙을 멋진 궁으로, 매춘부를 공주로 바라보았던 멋진 광인 돈키호테가 바로 지금의 나다. 완벽하지 않은, 그래서 우스꽝스러운 돈키호테. 아마도 돈키호테는 미친 것이 아니라 미친 척하며 너무나 정상적이라 생각하는 것들에 웃음이라는 무기로 달려들었던 것이리라. 경건하고 무거운 세상을 무대 삼아 자신만의 놀이, 축제를 즐겼던 것이리라.

"이룩할 수 없는 꿈을 꾸고, 이루어질 수 없는 사랑을 하고, 이길 수 없는 적과 싸움을 하고, 견딜 수 없는 고통을 견디며, 잡을 수 없는 저

팜플로나, 스페인

하늘의 별을 잡아라."

돈키호테의 외침이 광장 속으로 퍼져나가는 것 같았다. 돈키호테가 광기에서 깨어났을 때 그를 기다린 것은 오로지 죽음뿐이었다. 나는 광기의 축제, 이 꿈에서 깨어나고 싶지 않다. 이성의 감옥에 다시 갇히고 싶지 않다. 밤새도록 술에 취해 축제를 즐기고 싶다.

얼굴이 붉어진 친구가 나에게 손을 내민다.

"친구, 우리 춤출까?"

"그래. 축제에서 춤이 빠지면 싱겁지!"

나는 어디서 그런 용기가 샘솟았는지 선뜻 넓은 광장 한가운데서 춤을 추기 시작했다. 나는 붉은 손수건을 머리에 질끈 동여매고 성난 황소를 흉내 내기 시작했다. 어설픈 춤 동작이었다. 하지만 술자리에 모인 친구들은 그 모습이 너무나 우스꽝스러웠는지 배꼽을 잡고 바닥을 뒹굴었다. 모두들 정신이 없다. 모두들 자리에서 일어나 성난 황소가 되었고 소리를 지르며 춤을 추었다. 우리의 춤은 저항할 수 없는 전염병처럼 다른 그룹에게로 옮겨갔다. 여기저기에 인간의 모습을 한 황소들이 넘쳐났으며, 마치 광장이 투우장으로 변해버린 것 같았다. 그 광기의 한 가운데 나는 서 있었다.

나는 한 번도 축제의 주인공이 되어본 적이 없다. 언제나 축제와 나 사이에는 극복할 수 없는 거리가 존재했었다. 아주 작은 마을 축제도 예외는 아니었다. 혹여 축제의 장에 들어간다고 해도 정장을

차려 입은 신사인 듯 찢어진 청바지를 입고 있는 그들과 어울리지
못하고 단지 축제를 감상하는 구경꾼으로서의 지위에 만족했어야
했다.

하지만 오늘은 다르다. 축제를 감상하는 자가 아닌 즐기는 자로
혹은 광기의 주체로 존재하고 있다. 하지만 이 광기의 발산은 누군
가를 위한 것이 결코 아니다. 오로지 '나만을 위한 축제'를 만들기 위
해 나는 소리치고 노래하고 춤을 추고 있는 것이다. 지난 날 베네치
아 광장에서의 '가면축제'를 소심하게 즐겼던 비겁한 내가 아니다.
어설프게 가면 뒤로 나를 감춘 채 베네치아 광장을 배회했던 나는
여기에 없다. 가면은커녕 웃통까지 벗어던진 채 타인의 시선을 즐
기는 본능의 나만이 존재할 뿐이다.

> "아아, 광장에서의 하루. 인생에 이보다 더 큰 기쁨이 있으랴!"
> ― 브라우닝

브라우닝의 말처럼 이곳에 이런 광장이 없다면 민중들은 어느
곳에서 기쁨을 얻을 수 있을까? 또 피로에 찌든 여행객들은 어디서
잠깐의 휴식을 취할 수 있을까? 이렇게 광장 위에서는 즐거움 혹은
설움이 화려한 축제로 부활한다. 들숨과 날숨으로 우리가 존재하듯
이 광장은 민중의 슬픔을 들이마시고 기쁨을 내뿜으며 살아간다.
그래서 유럽은 도시의 심장부에 광장을 만들었다. 만약 광장이 숨

팜플로나, 스페인

쉬지 않는다면, 광기의 축제가 멈춘다면 유럽은 더이상 존재할 수 없을지도 모른다. 열린 삶의 공간, 민중의 땀과 피를 한아름 안고 살아가는 삶의 광장. 유럽은 살아 숨 쉬는 광장 그 자체다.

인생이란 꼭 이해해야 할 필요는 없는 것,
그냥 내버려두면 축제가 될 터이니
길을 걸어가는 아이가
바람이 불 때마다 날려오는
꽃잎들의 선물을 받아들이듯이
하루하루가 네게 그렇게 되도록 하라.
꽃잎들을 모아 간직해두는 일 따위에
아이는 아랑곳하지 않는다.
제 머리카락 속으로 기꺼이 날아들어온
꽃잎들을 아이는 살며시 떼어내고,
사랑스러운 젊은 시절을 향해
더욱 새로운 꽃잎을 달라 두 손을 내민다.
— 라이너 마리아 릴케, 〈나의 축제를 위하여〉

2
신, 언어에 갇힌 존재들

에기나, 그리스

*

나의 운명은 평온한 육지보다 파도치는 바다를 닮았다

오늘은 터키 국경일. 거리는 온통 붉은 깃발뿐이다. 붉은 바탕 위에 초승달과 별 하나의 국기. 터키 국민들은 국기를 사랑한다고 한다. 그래서인지 빌딩 크기의 국기가 건물을 휘감고 있고, 작은 구멍가게에도 손수건만한 국기가 가판대 위에서 펄럭이고 있다. 하물며 시골 농촌 마을의 나지막한 지붕 위에도 붉은 깃발들이 단풍잎처럼 매달려 있다.

그런데 특이한 국기들이 눈에 들어온다. 국기에 누군가의 초상화가 덧붙여져 있는 것들이다. 그 사람은 터키의 건국 영웅 아타튀르크이다. 더욱 놀라운 것은 거리 곳곳에 국기 못지않게 아타튀르

크의 초상화가 그려져 있다는 것이다. 그리고 그를 향해 기도하고
입 맞추는 사람들도 적지 않다. 아마도 터키인들에게 아타튀르크는
건국 영웅을 넘어 터키 민족을 하나로 만들어준 신(神)일 것이다. 가
장 인간적이면서도 민족을 위해 자신을 희생한 숭고한 신, 추상적이
고 관념화된 신이 아니라 그들의 역사 속에 생생하게 살아 움직이는
그런 신일 것이다.

가장 인간적인 신을 사랑하는 터키를 뒤로 하고 신들의 땅, 그리
스로 향했다. 체스메 항구에서 그리스 히오스 섬으로 가기 위해 간
단한 출국 심사를 마쳤다. 이제 1시간 후면 시인 호메로스가 '포도주
색 바다'라며 격찬을 아끼지 않았던 아름다운 노을과 푸른 수평선의
에게 해를 만나게 된다. 그리고 에게 해의 품에 안긴 그리스의 작은
섬, 히오스에 도착하게 된다. 배는 어선처럼 작고 낡았다. 기름 냄새
가 선실 가득히 떠다니고 있다. '국가 간 경계를 넘나드는 배가 이렇
게 작고 볼품없이 혹은 너무나 자유분방한 촌스러움으로 운행해도
되는 걸까?' 하는 의문이 들었다. 하지만 곧 나는 씁쓸한 웃음을 지
을 수밖에 없었다. 그런 생각을 한다는 것이 아마도 이들에게는 이
상하게 보였을 것이라 생각했기 때문이다. 그런데 나도 모르게 가
슴 깊게 박혀버린 이런 경계의 관념이 쉽게 사라지지 않는다. 이렇
게 국경을 자유롭게 넘나드는 곳에서는 어김없이 그 생각들이 부끄
럽게 기어나오곤 한다.

드디어 히오스 섬에 도착했다. 아주 작고 조용한 항구 도시다.

어둠이 깔려서인지 거리에는 사람들이 없다. 해안을 따라 서 있는 가로등만 낯선 이들을 반긴다. 저녁 바람이 매섭다. 가로등 불빛이 바람에 흔들리면서 여기저기 떨어진다. 파도소리가 어둠을 뚫을 정도로 깊다. 검은 바다 위로 달빛이 만든 은빛 길들이 일렁인다. 하지만 이런 아름답고 조용한 밤 풍경도 몇 시간 후면 떠나보내야 한다. 마지막 밤배를 타고 다시 아테네로 가야 하기 때문이다.

저녁을 먹은 후 일찍 항구로 나왔다. 하지만 배는 아직 도착하지

에기나, 그리스

않았다. 풍랑이 너무 심해서 배가 늦어지거나 혹은 결항될 수도 있다고 한다. 언제 올지 모르는 배를 무작정 기다릴 수 없어 불빛이 따뜻해 보이는 카페로 들어갔다. 막 배를 기다리는 많은 사람들이 따뜻한 커피에 추위를 녹이고 있었다. 하얀 머리의 늙은 주인이 정성스럽게 내린 커피는 풍랑에 대한 걱정과 옷깃을 여미게 하는 찬바람을 잠시 잊게 만들 정도로 향기로웠다.

밤 12시 30분. 예정보다 두 시간이 지나서야 배가 도착했다. 배는 내가 두려워했던 거센 풍랑을 이겨내기에 충분할 정도로 컸다. 아파트 15층 정도의 높이. 수많은 트럭들이 고래의 입 속으로 작은 물고기들이 빨려들어가듯 그렇게 배 속으로 들어간다. 나도 두려움을 안고 배에 올랐다. 나의 방은 7층에 있었고, 4인용 침실이었다. 생각보다 침실은 편안하고 깨끗했다. 여행에 지쳤는지 나는 짐을 풀자마자 바로 잠이 들었다. 그런데 출발한 지 1시간이 지났을 무렵 배가 심하게 흔들리기 시작했다.

'이렇게 거대한 배가 흔들린다는 것은 파도가 심하다는 건데.'

나는 침대에서 일어나 불안한 마음에 창밖을 내다보았다. 배가 파도에 부딪치며 휘청거렸다. 배는 거센 파도가 버거운지 느릿느릿 움직였다. 더구나 파도는 침실의 작은 창문을 집어삼킬 듯 달려들었다. 불안감이 침실을 가득 메웠다. 다른 사람들도 모두 일어나 창밖을 보면서 물었다.

"지금 비가 오는 건 아니죠?"

에기나, 그리스

먼저 일어나 모든 상황을 파악한 나는 대답했다.

"아닙니다. 비가 아니고 파도입니다."

결국 나는 아테네에 도착하기 전까지 한 잠도 잘 수 없었다. 불안감이 만들어낸 온갖 공포에 시달려야 했기 때문이다. 비행기로 그리스를 갈 수도 있었지만 나는 에게 해를 직접 건너보고 싶었다. 그래서 선택한 게 배였다. 그동안 배를 통해 많은 국경을 넘어다녔다. 하지만 지금처럼 밤바다의 거센 풍랑을 만난 적은 한 번도 없었다. 그래서 내게 배와 바다는 언제나 아름답고 낭만적인 것이었다. 바다의 신, '포세이돈'이 파도를 일으켜 사람들을 몰살시키는 그런 무시무시한 공간이 아니었던 것이다. 하지만 오늘 바다는 하나의 생명체로, 그리고 영혼의 존재로 내게 다가왔다. 우리가 살아가는 육지는 흔들리지 않는, 안정성이 보장된 그런 공간이다. 그렇다 보니 인간들은 큰 장애물 없이 자신의 의지대로 방향을 결정할 수 있게 되었다. 결국 인간들은 바다와 같은 흔들리는 공간에서도 자신의 의지에 의해, 자신이 주인이 되어 평온을 확보할 수 있다는 착각에 빠지게 된 것이다. 아! 얼마나 오만한 인간들인가? 일렁이는 바다. 살아 움직이는 바다. 오지를 찾아 홀로 떠도는 나의 운명은 평온한 육지보다 파도치는 바다를 닮았음이 분명하리라.

주옹은 다음과 같이 말했다.

아아, 손은 생각하지 못하는가? 대개 사람의 마음이란 다잡기와 느슨해짐이 무상하니, 평탄한 땅을 디디면 태연하여 느긋해지고, 험한 지경에 처하면 두려워 서두르는 법이다. 두려워 서두르면 조심하여 든든하게 살지만, 태연하게 느긋하면 반드시 흐트러져 위태로이 죽나니, 내 차라리 위험을 딛고서 항상 조심할지언정, 편안한 데 살아 스스로 쓸모없게 되지 않으려 한다. 하물며 내 배는 정해진 꼴이 없이 떠도는 것이니, 혹시 무게가 한 쪽에 치우치면 그 모습이 반드시 기울어지게 된다. 왼쪽으로도 오른쪽으로도 기울지 않고, 무겁지도 가볍지도 않게 내가 배 한가운데서 평형을 잡아야만 기울어지지도 뒤집히지도 않아 내 배의 평온을 지키게 되나니, 비록 풍랑이 거세게 인다 한들 편안한 내 마음을 어찌 흔들 수 있겠는가?

— 권근, 〈주옹설〉에서

구원의 문은 우리 손으로 열지 않으면 안 된다

여덟 시간의 긴 항해 끝에 나는 아테네에 도착했다. 멋진 일출이 지난밤의 고생을 위로하듯 눈부시게 나를 맞이해주고 있다. 결국 어젯밤의 고통은 지혜의 신 아테나가 선물한 성찰의 선물이 아닌가 싶다. 조용하고 평온한 아테네 시내에서 따뜻한 커피 한 잔으로 아침을 대신했다. 그리고 다시 에기나 섬으로 향했다. 에기나 섬에는 아페아 신전이 있다. 아테나 여신과 대등하게 여겨지는 아페아

신, 언어에 갇힌 존재들

는 원래 에기나 섬의 아름다운 처녀였다. 하지만 바람둥이 제우스의 눈에 띄어 그와 사랑을 나누게 되고 그의 아들 아이아코스를 낳게 된다. 하지만 헤라가 이 사실을 알게 되고 인간인 아페아를 질투하여 죽이게 된다. 결국 죽은 아페아는 에기나 섬을 지키는 여신으로 변하게 되었다.

에기나 섬에 내려 아페아 신전이 있는 산 정상으로 가는 길에 《그리스인 조르바》를 쓴 소설가 니코스 카잔차키스의 생가에 들렀다. 아마도 그가 이곳에서 《그리스인 조르바》를 쓴 것은 우연이 아닌 듯싶다. 그는 파르테논 신전을 비롯한 많은 신전들을 찾아다니며 신들을 통하여 구원을 얻고자 노력했다. 하지만 신들은 그의 기대를 저버렸다. 그래서 카잔차키스는 《그리스인 조르바》에서 인간의 초월적 의지, 자유를 통해 인간을 성화하려고 했다. 결국 그는 신들보다 베르그송의 생 철학과 "신은 죽었다"라고 외친 니체의 사상에 의지하게 되었다.

구원의 문은 우리 손으로 열지 않으면 안 된다. 이제 우리에게 초인은 희망이다. 초인은 대지의 종자이며, 해방은 그 종자 속에 있다. 니체는 "신은 죽었다"라고 선언하고 우리를 심연의 가장자리로 데려다놓았다. 인간은 마땅히 저 자신의 본성을 뛰어넘어 하나의 초인이 되어야 한다. 신의 빈자리를 우리가 차지해야 한다. 주인의 명령이 없어진 지금, 우리 의지로써 그 자리를 차지해야 하는 것이다.

그는 인간의 한계를 정면으로 맞서는 투쟁적이고 자유의지적인 인간, 목적지가 아닌, 도상의 다리[橋] 같은 인간을 통해 구원을 얻고자 했던 것이다. 그는 아페아 신처럼 강한 의지의 인간, 민중들의 열망을 대신해줄 인간이 곧 신인 동시에 초인이라고 보았다. 그렇다면 과연 신은 존재하는 것일까? 아페아 신전에서 나는 그 해답을 어렴풋하게나마 찾을 수 있었다.

인간의 삶 끝에서 신의 삶이 시작된다

삶의 끝에서 신의 삶이 시작되고, 신의 끝에서 인간의 모습이 발현된다. 인간들은 그들의 사고와 경험의 끝을 넘어서는 곳에서 신의 존재를 발견하고자 하거나 혹은 그것들의 너머에 존재할 것 같은 것으로 신을 만든다. 그래서 신들의 집, 신전은 인간이 사는 곳에서 가장 높은 곳에 존재하며 그곳에서 인간을 내려다보며 그들의 힘을 과시한다. 하지만 이런 신전은 하이데거의 명제 "언어는 존재의 집"과 다르지 않다. 그곳에는 신 대신 인간이 만든 신에 관한 이야기만 있었기 때문이다. 결국 신은 인간의 언어가 만든 추상의 공간, 그 존재의 집에서만 사는 존재하지 않는 존재였다. 하지만 존재하지 않은 것, 형체가 없는 것을 믿는다는 것은 인간에게 불안감을 야기시킬 뿐……. 그래서 인간들은 언어의 집에 갇힌 신들을 모셔와 신전을 지어주고 그 속에서 살도록 만들었다. 그 순간부터 신전은 함부로 드나들 수 없는 신성한 공간이 되었으며 동시에 인간이 만든 가장 두려운 공간으로 변해버린 것이다.

건축 작품은 그것 위로 휘몰아치는 폭풍을 견뎌내며 서 있고, 그렇게 폭풍 자체를 그 위력에 있어 내보인다. 석조의 광채와 빛남은 비록 태양의 은총에 의해서만 빛나기는 하나 그것은 대낮의 빛과 하늘의 아득함, 밤의 캄캄함을 비로소 나타나게 한다. 건축 작품의 확실히 솟아오름은 허공의 보이지 않는 공간을 보이게 해준다. 그 작품의 확고

> 부동함은 밀어닥치는 바다의 파도를 막고 서서 자기의 그 고요함에서
> 부터 파도의 광란을 나타나게 해준다.
>
> — 폰 헤르만, 《하이데거의 예술철학》 중에서

하지만 신들의 궁전, 그리스의 신전들은 그들이 가졌던 위엄성과 신성성들을 상실한 채, 앙상한 뼈들만 남겨놓았다. 신이 떠난 그곳은 황폐함 그 자체였다. 신전을 만든 인간들의 역사가 끝이 나면서 실질적으로 그들의 가슴속에 존재했던 신들도 함께 사라진 것이다. 결국 신과 인간은 떨어질 수 없는 하나의 동체였다. 신전들은 다른 신을 가슴에 품거나 혹은 신의 존재를 무시했던 침략자들에 의해 처참하게 파괴되었다. 그것은 정복자들의 영혼에 신에 대한 두려움이 싹트는 것을 없애기 위해서이거나 혹은 신의 존재를 믿지 않기 때문에 그 어떤 것도 그들 위에 존재할 수 없다고 생각했기 때문일 것이다. 그렇다면 파괴되어 잔해만 남은 신전이나 화려했던 신전은 단지 인간의 흔적일 뿐, 신의 역사는 아니었음을 우리는 알 수 있다.

그렇다면 정말 그 많은 그리스 신화 속 신들은 존재하지 않았던 것일까? 그것은 플라톤이 말한 미의 이데아로서의 육체적 아름다움을 가진 존재들에 불과했던 것일까? 독일의 발타아이히로트의 말이 대답이 될 수 있을 것 같다.

고대인들에게 이름은 단순히 어떤 사물을 가리키는 수단이 아니라 그

사람의 존재 자체와 가장 밀접하게 관련되어 있기 때문에 이름은 사실상 일종의 또 다른 자기가 될 수 있었다.

결국 그리스 신화 속 신들은 그리스인들의 다른 이름에 지나지 않은 것이리라. 결국 신화 속 신들이 신이 될 수 없는 것은 그들이 이름을 가지고 있었기 때문이다. 제우스, 아테네, 포세이돈, 헤라 등 그들은 그들의 모습보다 더 분명한 이름을 가지고 있다. 이렇게 신들이 이름을 가지고 있다는 것은 그 이름만큼의 한정된 '존재물'이거나 유한적인 '있음'을 뜻하는 것이다. 그렇다면 그들은 결코 무한적인 어떤 것으로서의 신이 될 수 없는 것이다. 신이 되기 위해서는 무엇으로도 이름 지을 수 없는 혹은 제한할 수 없는 존재자여야만 하기 때문이다. 노자 《도덕경》의 한 대목을 통해 이름을 가진 신들은 이미 신이 아님을 확인할 수 있다.

"이름 할 수 있는 이름은 항상 그러한 이름이 아니다. 이름 없음은 천지의 처음이요, 이름 있음은 만물의 어머니이다. 그러므로 늘 없음에서 그 오묘함을 보려 하고, 늘 있음에서 그 갈래를 보려고 해야 한다. 이 둘은 같은 곳에서 나왔으나, 이름만 달리할 뿐이니, 이를 일러 현묘하다고 하는 것이다. 현묘하고 또 현묘하여, 모든 묘함이 나오는 문이다."

결국 신들은 이미 존재한 인간의 이름에서 갈라져나온 것이며 이들은 발타아이히로트가 말한 것처럼 인간의 또다른 자아였던 것이다. 하지만 우리는 노자가 말한 것처럼 같은 곳에서 비롯된 인간과 신이 현묘하고 현묘한 것이 될 수 있음을 알 수 있다. 그것은 인간과 신들이 함께 존재하면서 서로의 존재적 근거뿐만 아니라 현묘함의 출발점이 되어주기 때문이다. 이처럼 인간은 신을 만들어 자신들의 삶을 더 가치 있고 고귀하게 만들고자 했다. 따라서 신은 추락을 거부하고 솟아오름을 꿈꾸는 인간에게 절대적으로 필요했던 존재였던 것이다. 신을 떠받치는 만큼 자신이 꿈꾸는 삶이 지상이 아닌 어딘가에서 신의 모습으로 실현될 수 있을 것이라고 믿었기 때문이다.

　그렇다면 내가 찾은 아페아 신도 에기나 섬 사람들의 다른 이름에 불과한 것이 아닐까? 사면으로 둘러싸여 언제든 침략을 받을 수 있는 나약한 에기나 섬이 대륙을 지배하고 있는 아테나의 신에 버금가는 혹은 외세에 저항할 수 있는 신을 만들고 싶었던 것이 아닐까? 바다의 신 포세이돈를 이긴 아테나를 닮은 신을 만들 수만 있다면 바다를 통해 침략하는 어떤 세력도 막을 수 있다고 그들은 생각했을 것이다. 그래서 에기나 섬에서 가장 아름다운 처녀를 제우스의 애인으로 만들고 그의 자식을 얻게 한 것이리라. 결국 이 작은 섬은 제우스의 핏줄(아이아코스)과 그의 영혼(아페아)에 의해 누구도 넘볼 수 없는 신성한 공간으로 변하게 된 것이리라.

에기나, 그리스

나의 삶은 어떤 신을 만들고 있는 걸까? 어떤 두려움을 피하기 위해 혹은 어떤 성공을 이루기 위해 신을 부르고 있는 걸까? 내가 만들고 있는 신은 내가 가진 공포의 깊이만큼 혹은 꿈꾸는 꿈의 크기만큼 만들어질 것이다. 나는 아마도 그리스인 조르바가 가졌던 영원한 자유, 그것을 바라고 있는 것이 아닐까? 그 신이 무엇이든 간에 분명한 건 내 자신이 그 신을 만들고 있으며, 나의 영혼의 집에서 그 신은 살고 있다는 것이다.

3
타지마할, 삶과 죽음의 공존

타지마할, 인도

＊
나는 신을 본 적이 없다

나는 지금 델리에서 아그라로 가는 버스에 앉아 있다. 덜컹거리며 금방이라도 넘어질 것 같은 버스만큼이나 바깥 풍경들은 삭막하기 그지없다. 몇 마리의 물소들이 한가롭게 풀을 뜯고 있는 모습을 발견하지 못했다면 나는 그곳을 버려진 황무지로 착각했을 것이다. 하지만 그곳은 분명 사람들이 살고 있는 작은 마을이다. 단지, 생기가 없는 혹은 욕망을 잃은 사람들이 가난처럼 살 뿐이다.

그런데 버스 안의 풍경도 이와 다르지 않다는 것이 나를 더욱 슬프게 한다. 찌는 무더위 때문일까, 아니면 삶의 무게 때문일까, 버스 안의 사람들은 그들이 들고 있는 짐짝처럼 지쳐 있다. 흐려진 눈동자에 핏줄이 도드라져 충혈된 눈, 피곤을 달래기 위해 '빤'(씹고 뱉는 담배의 일종)을 씹었는지 이빨 사이로 흐르고 있는 붉은 빛깔, 뼈만 앙상히 드러난 어깨 골과 손가락들. 그들의 눈빛에서는 삶의 의욕 같은 것은 조금도 발견할 수 없다. 그들은 자신의 육신조차도 거추장스럽게 느끼고 있는 듯하다. 그런 그들과 함께 나는 아그라로 가고 있다. 화려하고 거대한 죽음의 공간, 타지마할이 있는 곳으로 터덜터덜 기어가고 있는 것이다.

우리는 약 250킬로미터의 먼 거리를 가야 한다. 그런데 버스는 그 힘든 여정이 싫었는지 자주 멈췄다. 정거장에 멈춘 것이 아니라 도로 한 가운데 그냥 멈춘 것이다. 고장이 나서 한없이 기다리고, 때로는 기름이 부족해 손님들이 단체로 주유소까지 몇십 분 동안 버스를 밀어야 했고, 물소떼가 도로를 점거한 상태에서 그들이 지나가기를 마냥 기다리며 멈춰 섰다. 하지만 나를 제외한 다른 사람들은 이런 상황에 익숙해 있는지 조금도 불평하지 않았다. 아니 너무나도 당연한 듯이 마냥 기다리고 있을 뿐이었다. 버스는 초고속버스라는 이름을 달고 있었지만, 우리네 시골버스보다도 느리고 불편했다. 목적지를 향해 한 번도 멈추지 않고 달려가는 현대인들의 삶과는 너무나 대조적인 모습이다. 어떤 이유에서건 버스는 수시로 멈추었고, 그것이 그들에게는 불편함이나 고통이 아닌 휴식인 듯 보였다.

아침에 출발한 버스는 해가 질 무렵에서야 겨우 아그라에 도착했다. 죽음의 공간, 타지마할에 너무나 힘겹게 다가선 것이다. 내 인생의 시작과 끝이 오늘 하루에 모두 담겨 있었던 것처럼 길은 길고도 고단했다. 타지마할을 볼 수 있다는 흥분된 마음으로 아침 햇살 속에서 버스에 올랐었다. 하지만 딱딱한 의자의 불편함과 낯선 사람들의 부담스러운 시선, 예기치 않았던 버스의 느림과 잦은 멈춤, 그리고 견딜 수 없는 무더위에 나는 금방 지쳐버리고 말았다. 하지만 노을에 물든 타지마할을 보는 순간 나의 무거워진 육신은 날개를 달고 공중으로 날아올랐다.

죽음의 공간, 타지마할. 이곳에서 나는 무엇을 보고 싶었을까? 아내에 대한 샤자한(인도 무굴 제국의 5대 황제, 1628~1657 재위)의 사랑이 얼마나 아름답게 표현되었는지 보고 싶었을까? 아니면 22년에 걸쳐 지어진 이 건축물의 위용에 감탄하고 싶었을까? 타지마할은 화려함과 웅장함의 극치다. 두 사람이 누워 있는 공간이라고 하기에는 너무나 거대하다. 그런데 저 거대한 죽음의 공간 앞에는 금방이라도 쓰러질 것 같은 작고 낡은 집들이 모여 있다. 낡은 벽돌들이 엉성하게 벽을 이루어 2칸의 방을 만들고, 그나마 방 하나는 소와 원숭이들이 차지하고 있는 그런 집들이 있다. 좁은 골목길에는 온갖 쓰레기와 소들의 배설물이 뒤엉켜 날파리들이 들끓고 있다. 담벼락 틈 사이를 파고 그 속에 안치된 온갖 종류의 신상들은 원숭이들이 먹다버린 바나나 껍질을 머리 위에 쓰고 있다. '이것이 삶의 진짜 모습이다'라며 정신없이 달라붙는 날파리들과 바나나를 움켜쥔 원숭이들이 온갖 신들을 조롱하고 있는 것 같다. 이렇게 가난하게

타지마할, 인도

사는 사람들에게 대답조차 하지 않는 신들이 과연 무슨 의미가 있을까? 아무것도 아닌, 허무와 같은 저 죽음은 화려하게 치장되어 있고 소중한 삶은 비참하게 외면당하는 것이 신들이 원하는 진짜 모습이란 말인가? 인도 시인 아누라다 마하파트라의 시 〈신〉에서도 천민을 위한 신은 어디에도 존재하지 않았다.

나는 신을 본 적 없다. 사원을 보면 나는
마왕 히란야카시푸를 생각한다
경배 받는 우상을 보면

돈에 팔려가는 그 집안의 딸을
떠올린다. 시든 생명을 또 다른 시든 생명에 바치기.
핏기 없는 입술이 뱉어내는 피를 보는 일
바로 최후의 익살.

그런데도 전철 칸에서
땟국에 전 군청색 티셔츠 차림의,
강철 대포처럼 꼿꼿한 친구를 보았을 때,
'그가 신이었으면!' 하고 바랐다.
적어도 숨을 만한 적당한 자리를 찾은 셈,
아니면 그를 밀쳐버렸을 수도 있고

타지마할, 인도

설령 그를 죽였어도

그것은 사랑이었으리.

요즘은, 달리는 버스 칸에 오를 때

나는 신을 생각한다.

— 아누라다 마하파트라, 〈신〉

좁은 골목을 지나는 동안 내가 알고 있던 아름다운 타지마할은 사라졌다. 그것은 화려한 건축물도 한 남자의 사랑의 상징물도 아니었다. 가난한 이들의 영혼을 빼앗은 부패한 권력이 잠든 무덤일 뿐, 그 이상도 그 이하도 아니다. 화려하게 포장되었지만 결코 화려할 수 없는 비정한 죽음의 공간, 타지마할. 저녁노을에 싸여 있는 타

지마할은 보는 각도에 따라 빛깔이 달라지는 화려한 보석이었다. 하지만 가까이 다가가면 갈수록 화려한 빛깔은 사라지고, 차갑고 무거운 대리석의 기운만 느껴졌다. 한 줄기 빛도 없는 어둠의 그늘만이 그들을 덮고 있었다. 사자한과 그의 아내는 죽어서도 살아 있어야 하는 슬픈 존재들이다. 인간의 어머니, 대지의 향기로운 흙과 따스한 햇살, 조잘거리는 새소리, 바람과 나무의 속삭임들 속으로 녹아들 수 없는 비극의 주인공들인 것이다.

죽음 앞에 그 어떤 슬픔이 고개를 들 수 있을까

어릴 적 뒷산의 작은 무덤은 나의 걱정과 슬픔을 위로해주는 안식처였다. 누구의 무덤인지는 모르지만 그곳은 햇볕이 잘 들어 언제나 따뜻했다. 그리고 부드러운 흙과 잔디로 덮여 있어 편안하게 누울 수 있었다. 잠시 그곳에 등을 기대고 누워있으면 모든 걱정들이 눈 녹듯 사라지고 나는 이내 잠이 들곤 했다. 무덤이 나의 걱정과 슬픔을 안아준 것이다. 피부에 닿은 흙의 따스함과 냄새가 온몸에 퍼지면서 이렇게 말하는 듯 했다.

"죽음 앞에 그 어떤 슬픔이 고개를 들 수 있을까?"

"괜찮아, 괜찮아…….'

그렇게 작은 무덤은 특별하면서도 평온한 치유의 공간이 되어주었다. 이름 모를 온갖 들꽃과 그 주의를 맴도는 노란 나비들이 무덤의 파수꾼이자 나의 친구였다. 무덤은 그렇게 어린 나의 눈물을 닦아주었다.

장자도 자신의 주검이 뒷동산의 작은 무덤처럼 자연 속으로 돌아가기를 원했다. 죽음이 다가온 장자를 위해 제자들이 성대한 장례를 준비하자 장자는 이렇게 말했다.

"나는 땅을 관으로 삼고, 하늘을 그 뚜껑으로 삼으련다. 해와 달과 별들이 내 무덤의 장식이 되리라."

그러자 제자들이 말했다.

"짐승들이 선생님의 시신을 모두 먹어버릴 것입니다. 걱정스럽습니다."

장자는 제자들의 이런 말에 전혀 동요하지 않았다.

"땅 위에서는 새들의 밥이 되고 땅 아래선 개미의 밥이 된다면, 어떤 한쪽에게 먹히는 것보다 낫지 않겠느냐?"

이렇게 말하며 장자는 끝내 나장(裸葬)을 고집했다. 장자처럼 작은 봉토 하나 없이 자연으로 돌아가는 것은 쉽지 않을 것이다. 하지만 자신의 육신을 가두었던 세상의 틀에서 벗어나 드넓은 자연의 일부로 돌아가는 것만이 다시 이생의 공간으로 돌아올 수 있는 것임을 장자는 알고 있었던 것이다.

무르익은 과일이 그의 무게로 인해 자연스럽게 땅으로 떨어지고, 땅 위에서 바람에 썩어 씨와 흙으로 돌아가 나뭇가지로 돋아나듯이, 완숙한 삶에 있어 죽음은 너무나 당연한 것이다. 천상병 시인도 〈귀천〉을 통해 죽음을 즐겁게 받아들이고 자연으로 다시 돌아가고픈 소망을 드러냈다.

나 하늘로 돌아가리라.
새벽빛 와 닿으면 스러지는
이슬 더불어 손에 손을 잡고
나 하늘로 돌아가리라

노을 및 함께 단 둘이서
기슭에 놀다가 구름 손짓하면은,

나 하늘로 돌아가리라.
아름다운 세상 소풍 끝내는 날,
가서, 아름다웠다고 말하리라.

— 천상병, 〈귀천〉

하지만 타지마할은 어떤가? 권력에 대한 멈출 줄 모르는 욕심과 죽음에 대한 공포가 샤자한 자신뿐만 아니라 사랑하는 아내까지 차가운 대리석에 가두어버리고 말았다. 자연 혹은 사람들과 호흡할 수 없는 그들만의 고독에 갇히고 만 것이다.

결국 이곳에서 나는 '끝'을 보았다. 다시 돌아올 수 없는 것이 무

타지마할, 인도

엇인지, 그리고 돌아올 수 없게 만든 것이 무엇인지 본 것이다. 거만한 권력 그리고 허황된 욕망이 윤회설의 진리를 외면했고, 갠지스의 신(神)들을 농락했다. 결국 그들은 물고기의 밥이 되지 못하고 새들의 먹이가 되지 못한 채 영원히 돌아올 수 없는 그들만의 방에 갇힌 것이다.

> 누구를 막론하고
> 자기의 뿌리를 완전히 뽑아서, 인생 밖에 내버리기는 곤란하니
> 사람은 은근히 자신의 어느 부분이 이승에 머무를 것으로
> 상상한다.
> 인간은 죽음으로 쓰러진 신체에서 완전히 이탈하여
> 해방되지 못한다.
>
> ─ 몽테뉴, 《에세이》 중에서

나는 타지마할 앞에 놓인 인공의 강에 발을 담가보았다. 이 인공의 강은 저승과 이승의 경계선을 상징한다. 하지만 나는 이 강을 지금 여러 번 건너고 있다. 이쪽에서 저쪽으로 자유롭게 넘나들고 있다. 그렇지만 이쪽과 저쪽이 다르다는 것을 느낄 수는 없다. 햇빛이 조금 더 비추는 곳이 발을 따뜻하게 해줄 뿐. 하지만 이내 햇볕은 다른 쪽도 비추고 있다. 그렇다면 죽음의 공간과 삶의 공간은 과연 다르다고 말할 수 있을까? 아마도 다르다고 느끼는 사람들은 삶의 공

간에 많은 미련이 남아 있거나 욕심의 끈을 놓지 못하고 있기 때문일 것이다. 그래서 무엇이든 많이 가진 사람일수록 죽음의 공포는 더 크게 다가오는 것이리라.

나는 오랜 시간 동안 강에 발을 담근 채 어둠 속으로 사라지는 타지마할을 바라보았다. 이내 쓸쓸함이 밀려왔다. 그런데 죽음의 공간 앞에서 느낀 이런 쓸쓸함은 이집트의 거대한 피라미드 앞에서도, 산보다 큰 중국의 진시황 묘에서도, 최고 권력자들이 주검만 모아놓은 아르헨티나 레콜레따의 공동묘지에서도 나는 느꼈었다. 죽음 앞에서 눈물이 흐르는 것을 막을 수는 없다. 하지만 이들의 죽음 앞에서 아주 작은 연민조차 일어나지 않는 것을 무엇 때문일까?

그런데 지금 병원을 거닐면서 생각나는 것은 저기 저 구석에서 죽어간 노인들의 일이었다. 러시아인, 타타르족, 우드무르트족 모두 다 한결같이 거드름을 피우거나 덤비거나 죽지 않겠다고 버티거나 하지 않고 조용히 죽음을 받아들였다. 여러 가지 청산해야 할 일들을 미루지 않고 조용히 준비를 해왔다. 이미 다 큰 말은 누구에게 물려주고, 망아지는 누구의 몫인지를 미리 정해놓았다. 그리고 그들은 통나무집 바꾸듯이 그렇게 쉽사리 자신을 위안하면서 죽어가고 있었다.

나도 솔제니친의 작품 《암병동》에서의 노인들처럼 죽음을 조용히 그리고 편안하게 받아들일 수 있을까? 아니면 타지마할 속에 누워 있는 샤자한처럼 죽음에 저항하기 위해 끝까지 몸부림치지는 않

디지마할, 인도

을까? 거부할 수 없는 사실은 지금 이 순간에도 죽음이 아주 가까운 곳에서 내게 은밀히 다가오고 있다는 것이다. 죽음은 내가 호흡하는 공기 속에, 내가 먹고 있는 음식 속에, 내가 쓰고 있는 시간 속에 살아 있다.

3프랑의 텐트, 낡거나 혹은 그리운 — 리옹 외곽, 프랑스
짐칸 침대, 불편하거나 혹은 편안한 — 자이푸르행 기차, 인도
낡은 아파트 305호, 게으르거나 혹은 자유로운 — 부다페스트, 헝가리

5부

낯선,
너무나 낯선 공간에 관하여

1
3프랑의 텐트, 낡거나 혹은 그리운

리움 외곽, 프랑스

*

오, 바람 냄새가 나네

중고등학교 시절부터 나를 지배한 욕망 중 하나는 캠핑이었다. 나는 방학이면 어김없이 캠핑을 떠났다. 특히 뜨거운 여름이 되면 캠핑에 대한 나의 욕망은 걷잡을 수 없는 불길로 변해버리곤 했다. 어떤 유혹도 그보다 강할 수는 없었다. 커다란 배낭에 침낭과 무거운 텐트, 그리고 라디오를 챙겨넣는 순간의 짜릿함은 무엇과도 바꿀 수 없는 것이었다. 그런데 이 욕망의 밑바닥에는 캠핑 자체의 즐거움보다 가난한 나의 집, 좁디좁은 단칸방으로부터의 탈출이 숨어 있었다. 많은 식구가 함께 잠을 자야 했던 단칸방은 사춘기만의 고독과 자유를 허락하지 않았다. 밤이 주는 뜨거운 몽상과 상상의 시간들, 그것이 가슴을 설레게 하고 젊은 날의 성장통을 이겨낼 수 있는 유일한 힘이라는 것을 나는 알고 있었다. 그렇게 나는 캠핑을, 고독한 몽상의 밤을 갈망했었다. 그래서일까, 목적지는 중요하지 않았다. 삼각 텐트를 치고 그 속에서 나만의 밤을 보낼 수만 있다면, 그것만으로도 행복할 수 있었다.

까만 어둠이 작은 텐트를 둘러쌀 때면 나의 기쁨은 절정에 달했다. 드디어 몽상과 자유를 밤새도록 꿈꿀 수 있는 작지만 너무나도 멋진 나만의 공간과 시간이 생겼기 때문이다. 허황된 나의 꿈을 밤새도록 늘어놓아도, 짝사랑하는 여학생을 향한 나의 감정을 정신없이 털어놓아도 이상한 눈으로 쳐다보는 어른들이 존재하지 않는 곳, 나만의 삼각 텐트. 아! 어찌 이런 비밀스런 감정의 무방비적인 해방이 캠핑이 아니고서 가능할 수 있을까? 삼각 텐트가 나를 품어주지 않았더라면 어느 공간에서 나의 뜨거움을 마음껏 분출할 수 있었을까? 삼각 텐트만이 나의 몽상을 우주 끝까지 확장시켜주었던 유일한 공간이었다.

리옹 역에서 캐나다 배낭족을 만났다. 반가움에 나도 모르게 당돌하게 물었다.

"저기, 친구들 어디로 갈 거야?"

잠시 머뭇거리던 배낭족이 대답했다.

"음, 우리는 묵을 곳을 찾고 있어. 야간 기차가 매진이거든. 그래서 리옹 외곽으로 나갈 생각이야. 거기에 값싼 숙소들과 텐트촌이 있거든."

숙소를 구한다는 말에 나는 흥분을 감추지 못했다. 나 역시 값싼 숙소를 구하지 못하면 리옹의 비싼 여관이나 호텔에 들어가야 할 처지였기 때문이다.

"저, 미안하지만, 그 텐트촌이라는 곳으로 같이 가면 안 될까? 그리고 혹시 가격은 얼마인지 알아?"

그러자 그들은 흔쾌히 나를 받아주었고, 우리는 함께 리옹 외곽으로 향하는 2층 기차에 올랐다. 기차는 한 시간 정도를 달려서 아주 작은 시골 마을에 우리를 내려주었다.

이곳의 숙소는 두 가지 형태로 존재한다. 민박집, 그리고 민박집 앞마당에 힘없이 주저앉아 있는 빛바랜 삼각 텐트. 민박은 8달러이고, 삼각 텐트는 2인이 함께 쓸 경우 1인당 4달러, 혼자 사용할 경우 6달러다. 나는 선택의 여지없이 6달러짜리 삼각 텐트에 짐을 풀었다. 비행기 삯만 가지고 무작정 여행을 떠난 나에게는 1달러도 너무나 큰돈이었기 때문이다.

처음에는 너무나 초라한 삼각 텐트에서 홀로 하룻밤을 보내야 한다는 생각에 서글픔이 밀려왔다. 하지만 밤이 깊어지면서 그런 슬픔은 흔적 없이 사라졌다. 색이 바래 투명해진 텐트의 천장으로 별빛이 쏟아져내렸고, 얇아진 천막으로는 풀벌레의 노래 소리가 투명하게 스며들었다. 아무것도 걸치지 않은 프랑스 시골의 밤이 내 곁에 조용히 누웠다.

여행자는 숙소에 들어간 후 할 수 있는 일이 그리 많지 않다. 피로를 풀기 위해 따뜻한 물에 몸을 담그거나 내일의 일정을 점검하기 위해 가이드북을 뒤적이는 것, 그리고 포근한 이불 속에서 잠을 청하는 것이 거의 전부일 것이다. 이렇게 대부분의 여행자는 두꺼운 콘크리트 벽과 단단한 자물쇠로 잠긴 방 안에 갇힌 채 밤의 존재를 잊도록 강요받는다.

그러나 우리가 찾은 도시들의 밤과 낮의 모습은 분명히 다르다. 그래서 도시의 낮과 밤이 주는 느낌 또한 다를 수밖에 없다. 하지만 우리는 밤이 가지고 있는 생명성이나 그것들로 인해 맛볼 수 있는 즐거움을 생각하지 못한다. 낮에 볼 수 있는 것들이 그 도시의 전부라는 착각 속에서 밤도 자신이 매일 만나는 일상과 다르지 않을 것이라고 치부해버리기 때문이다. 하지만 낡은 텐트 속에서 만난 낯선 도시의 밤은 기대하지 못했던 선물, 세상 어디에서도 만날 수 없는 자유 그 자체였다.

텐트의 내적 공간은 바깥과의 경계를 허물어 공간을 무한히 확장시키고, 시간도 과거로 회귀시킨다. 일반 숙소들이 거대한 몸집으로 자신들의 공간을 폐쇄적이고 고정적인 것으로 만드는 것과는 달리, 삼각 텐트와 같이 개방성을 지닌 채 대지 위에 덩그러니 놓여 있는 숙소는 특정 공간을 점유한 것이 아니라 무한의 공간 위에 한

송이 들꽃처럼 피어 있는 것이라 말해야 할 것 같다. 호텔과 같은 일반 숙소에 머물 때 우리의 시간과 공간은 멈춰버린다. 하지만 삼각 텐트의 숙소는 밤이 가져오는 몽상으로 인해 공간과 시간이 새롭게 태어난다.

　　몽상은 과거와 미래를 비추는 영혼의 거울이다. 몽상은 반짝이는 반딧불처럼 어둠 속에서 나타났다가도 날이 밝으면 사라져버린다. 그리고 잊었다 싶으면, 소리 없이 돌아와 영혼을 다시 흔들어놓

리움 외곽, 프랑스

는다. 특히 메마른 고독이 자신의 삶을 어둠처럼 둘러싸고 있을 때, 몽상은 고독으로부터 나를 해방시켜준다. 어린 나의 우울 그리고 친구들의 웃음, 슬픔이 묻어 있는 작은 사건들의 조각이 고독을 밀어내고 나를 구름 위로 띄워놓기 때문이다. 만약 우리가 몽상, 그리고 그것을 마음껏 즐길 수 있는 시간을 잃어버린다면 우리는 어떻게 될까? 아마도 우리의 영혼은 반듯하게 놓인 삶의 길을 조심스럽게 걸어야 하는 고단함을 속에서 한 쪽 날개를 잃은 나비처럼 허공 속에서 허우적거리고 말 것이다.

"오, 바람 냄새가 나네."

텐트 속으로 잔디에게 입 맞추고, 나뭇잎을 매만지던 바람이 들어온다. 바람에게 냄새가 있다는 사실이 흥미롭다. 그건 분명 바람에 실려온 들판의 냄새지만, 나는 바람의 냄새라고 인식된다. 이 냄새는 분명 이 세상에 존재하는 언어로는 표현할 수 없는 냄새다. 향기롭지는 않아도 아주 깊은 자연의 냄새다. 바람 냄새가 짙어지면서 나의 감각 기능은 혼란에 빠져버렸다. 바람은 코를 자극하는 기분 좋은 후각으로, 별빛은 눈동자 위에 살짝 내려앉은 부드러운 촉각으로, 풀벌레 소리는 밖으로 나가 그들을 보고 싶은 시각적 충동으로 변해가고 있다. 아마도 내가 가지고 있던 한낮의 이미지들을 밤의 몽상이 전복시켰나 보다.

나는 밤의 길에 앉아서 별들과 나무의 이야기를 들었다

오늘도 나는 텐트에서 묵기로 했다. 잔디밭 위에 덩그러니 던져졌던 어제의 밤이 그리울 것 같아서다. 파리의 시내를 아무런 감동 없이 돌고 다시 먼 길을 달려 삼각 텐트촌으로 급히 돌아왔다. 여행의 목적이 바뀐 것 같은 느낌마저 든다. 파리를 보기 위한 것이 아니라 텐트 속에서 밤의 몽상에 빠져들기 위해 프랑스로 온 것 같은 느

리움 외곽, 프랑스

낌마저 든다. 하지만 어쩌랴. 파리의 에펠탑을 쳐다보면서도 느낄 수 없었던 수많은 감정들이 이 작은 삼각 텐트 안에 들어오는 순간 별빛 쏟아지듯 나의 영혼을 휘감는 것을……

여행지에서 절대적 고독을 느낄 수 있는 공간과 시간은 그렇게 많지 않다. 관광지에서 타인의 시선과 마주쳐야 하는 것은 물론이고, 숙소에서까지도 옆방 사람들과 저녁을 함께 하거나 여러 명이 함께 사용하는 도미토리 같은 곳에서는 잠이 들기 전까지 여러 가지 방식으로 그들과 소통을 해야 한다. 그렇지 않으면 안 될 것 같은 의무감이 여행자들을 괴롭히기 때문이다. 여행지에서의 순수한 자유와 고독, 그것을 누구의 간섭도 없이 맛볼 수 있는 공간은 오직 삼각 텐트와 같은 숙소밖에 없으리라.

후두둑 후두둑, 빗방울이 하나 둘 텐트 위로 떨어져내린다. 하늘을 보니 별은 이미 사라지고 없다. 하늘은 검게 물들어 금방이라도 많은 비를 쏟을 것 같은 표정이다. 오늘은 풀벌레 소리와 별빛의 감촉을 느낄 수 없다는 생각에 허탈감이 밀려온다. 동시에 '비를 맞으며 이곳에서 밤을 보낼 수 있을까?' 하는 걱정마저 든다. 하지만 민박집에는 방이 없는 상태라 어떻게든 이곳에서 또 하룻밤을 보내야 한다. 텐트 주변에 가는 고랑을 파서 빗길을 만들었다. 이것이 내가 할 수 있는 유일한 대비책이다. 즐거운 몽상들 대신 비가 주는 두려움이 텐트 안을 가득 채워버렸다. 하지만 10분 정도 지났을까? 텐트

천장을 때리는 빗소리에 나는 다시 즐거운 몽상에 빠져 들 수 있었다. 후두둑 후두둑……

어릴 적 나는 함석집에 살았다. 그래서 비가 오는 날이면 빗방울이 함석지붕을 때리는 소리를 들으며 잠이 들곤 했다. 그 소리는 깊은 내면으로 흘러들어 나의 영혼을 평화로운 곳으로 데려다주곤 했다. 나의 육신들이 새털처럼 가벼워져 평상시 상상 속에 감추어 두었던 이미지들의 세계 속으로 날아올랐다. 나의 영혼과 육체는 우주적 몽상에 실려서 구름처럼 상상 속 이미지들 속을 떠다녔다. 빗방울 소리가 함석지붕을 두드리는 순간부터 나의 세계는 작은 골방이 아닌, 무거운 솜이불 속이 아닌 지평선 너머의 어디쯤이었다. 어느 시에서처럼 빗방울 소리는 나의 몽상 속 추억을 화톳불처럼 조용히 피워놓았다.

내 어린 시절에서 알코올처럼
뜨거운 어린 시절이 태어난다.
나는 밤의 길에 앉아서
별들과 나무의 이야기를 들었다.
이제 무심으로 인해 내 영혼의 저녁이 눈처럼 내린다.
— 비센테 우리도브로

나는 이 낯선 곳에서 어린 시절을 추억하고 있다. 빗소리를 타고

리움 외곽, 프랑스

무한의 꿈속을 떠돌았던 어린 시절로 돌아간다. '아! 몽상. 이것은 현재로부터 나를 분리하여 밤의 다리를 건너 친숙했던 공간과 시간의 조각 속으로 나를 되돌려놓는구나. 그리고 내가 탈색된 현재의 상태로 존재할 수밖에 없음을 보여주고 있구나.'

"비가 제법 내리는데 괜찮겠어? 방은 비좁지만 함께 묵지 않을래?"

텐트 밖에서 낯익은 목소리가 들려온다. 전날 함께 이곳에 왔던 배낭족 친구다. 빗방울이 굵어지자 나의 잠자리가 걱정되었는지 그가 조심스레 물어온다. 나는 빗소리에 취해 있어 빗방울이 굵어지는 것도 모르고 있었다.

"고마워. 하지만 그냥 여기서 또 하룻밤을 묵을 거야. 빗소리가 제법 낭만적이거든."

나는 어릴 적 신화에 더 깊게 빠져들고 싶었다. 그리고 지금 이곳이 아니라면 다시 만나볼 수 없을 그런 동화 같은 시간을 놓치고 싶지 않았다. 에드몽 방데르캄멘이 시 속에서 그의 마음을 드러낸 것처럼……

하늘은 기다린다.

신화적인 어린 시절에

손이 닿기를.

어린 시절, 나의 욕망, 나의 여왕, 나의 요람이여.

아침의 숨결이 닿기를.

— 에드몽 방데르캄맨

나는 낯선 여행지에서 나의 어릴 적 기억을 이렇게 선명하게 만나게 될 것이라 상상하지 못했다. 그것도 텐트라는 작은 공간 안에서 밤의 몽상에 빠져 가공되지 않은 나만의 추억을 만난다는 것은 믿기지 않는 일이다. 나만의 공간과 시간에 종속된다는 것, 그리고 그 속에서 과거와 함께 잠시나마 살게 된다는 것은 너무나 매력적인 일이다. 여행을 떠난다는 것은 육체적 이동만을 말하지 않는다. 이렇게 몽상을 통해 그 옛날의 꿈들을 다시 만나는 것까지도 포함하는 것이라고 해야 하지 않을까 싶다.

내가 그 동안 나의 추억을 찾지 못하고 헤맸던 것은 신화적 세계로 들어갈 수 있는 몽상의 능력을 상실했거나 혹은 데이비드 소로의 말처럼 성인이 된 이후 어린아이의 순수한 언어를 잃어버렸기 때문일 것이다.

"우리는 어린 시절의 꿈을 말하려고 하면서도 성숙한 나이 속에서 애를 태우기만 하는 것 같다. 그래서 그 꿈은 그 시절의 언어를 배울 수 있기도 전에 우리의 기억으로부터 사라져버린다."

— 헨리 데이비드 소로

2
짐칸 침대, 불편하거나 혹은 편안한

자이푸르행 기차, 인도

✳

인도의 기차는 노동자의 낡은 구두를 닮았다

인도에 머문 지 23일째. 날씨는 연일 푹푹 찌는 40℃. 델리에서 자이푸르행 기차를 기다린다. 기차역은 야간 기차를 기다리는 배낭족들과 인도사람들로 뒤엉켜 혼란스럽다. 하지만 이제는 이런 모습들이 오히려 편안하기까지 하다. 깔끔하게 정제되고 조용하다면 그것은 인도가 아니다.

나 역시 걸인이나 다름없는 남루한 행색이다. 배낭에 주렁주렁 매단 비닐봉지들과 햇볕에 그을린 검은 얼굴은 누가 봐도 인도인이다. 플랫폼은 헐떡거리고 있다. 점점 늘어나는 승객들과 짐들이 역에 가득 채워지면서 시장과 다름없는 상황이 되어버렸기 때문이다.

다들 어디로 그렇게 가는 걸까? 무엇 때문에 이렇게 더운 날 기차를 타는 걸까?

기차는 정시가 지나도 오지 않고 있다. 방송에선 알 수 없는 말들이 소나기처럼 쏟아지지만 내가 건질 수 있는 말은 하나도 없다. 불안한 마음에 승무원을 붙잡고 물어본다.

"자이푸르, 자이푸르?"

그가 나의 말을 알아들었는지 기차는 연착이며 아무 일 없다는 듯이 너스레를 떤다.

인도 기차가 보통 두세 시간 연착한다는 것을 모르는 바는 아니다. 하지만 오늘은 특별히 더 긴장할 수밖에 없다. 왜냐하면 이 기차가 나에겐 하룻밤을 청해야 할 숙소이기 때문이다. 시간은 하염없이 흘러 밤 아홉시가 되었다. 드디어 기차가 플랫폼으로 들어오고 있다. 그것도 플랫폼을 변경해서……. 정말 종잡을 수 없이 자유로운 곳이다. 인도의 기차역에서 승객과 시간은 짐짝과 다를 바 없다. 주인은 오로지 기차일 뿐이다.

인도 기차는 정말 슬프도록 낡았다. 뒤축은 닳아서 구멍이 나고 앞코는 까질 때로 까진 노동자의 낡고 낡은 구두와 닮았다. 삐걱거리는 계단과 통로, 열리지 않는 창문, 벗겨지고 구멍 난 인조가죽 의자, 여기저기 낙서로 가득한 벽, 고장 난 화장실 문……. 이런 인도 기차는 주름이 깊게 파인 시골 할아버지의 모습 그대로다. 이곳에 몸을 실은 인도인들 역시 기차를 닮았다. 낡은 가죽가방, 몇 년은 세

탁하지 않은 것 같은 지저분한 옷과 신발, 땀으로 범벅이 된 머리카락과 때 묻은 목덜미. 피로에 지친 붉고 탁한 눈동자들. 기차와 더불어 그들의 삶에도 휴식이 필요해 보인다.

이 기차의 객실은 7개의 등급으로 나누어진다. 그 중 나는 6번째 등급에 해당하는 자리에서 하룻밤을 묵어야 한다. 6번째 등급의 자리는 기차의 천장에 붙어 있는 짐칸이다. 짐 대신 사람이 하룻밤을 청하는 자리다. 5등급의 자리는 평상시 세 사람이 앉아 있던 의자 등받이를 밤 10시 이후에 천장과 쇠사슬로 연결하여 만든 것이며, 4등급은 함께 세 사람이 앉아 있다가 5등급과 6등급의 사람들이 잠자리를 찾아 자리를 떠나면 그 자리가 자신의 침대가 된다. 슬프게도 7등급은 누워 잘 수 있는 자리가 없다. 그 표는 앉을 자리조차 없는 입석이다. 긴 밤을 덜컹거리는 기차와 함께 서서 가야 하는 것이 7등급 칸이다. 나는 인도의 가장 낮은 계층의 사람들과 하룻밤을 보내고 싶었던 마음이 간절했다. 그래서 6등급 칸에 몸을 실었다.

침묵과 벽이 되돌려주는, 이름을 부르며 나 홀로 가는 집

누군가와 함께 잠을 잔다는 것, 그것은 시간을 함께 보낸다는 것 이상의 많은 것을 내포하고 있다. 우리는 아무와 함께 자지 않는다. 따라서 나와 함께 자는 사람은 특별한 관계를 맺고 있거나 관계를 맺고자 하는 사람들이다. 학창시절 친구와 함께 보낸 하룻밤은 두 사람 사이를 연결하는 영원한 공동의 기억이자 그들만의 비밀스런 시간이다. 사랑하는 연인들도 마찬가지이다. 장소에 상관없이 하룻밤을 함께 보내고 나면 어설프기만 했던 사랑의 끈이 더 단단하고 강해진다. 수많은 낮 시간보다 짧지만 함께 보낸 하룻밤이 더 아름다운 관계를 만들어주기 때문이다. 비록 고급 호텔이나 고가의 아파트는 아닐지라도 자신이 원하는 사람과 함께 하룻밤을 보냈다면, 그 시간과 공간이 바로 천국일 것이다.

하지만 우리는 타인과의 잠자리를 경계하거나 거부하는 경우가 대부분이다. 잠을 자는 시간만큼은 자신만의 고유 영역으로 누구에게도 간섭받고 싶지 않기 때문이다. 특히 여러 명이 함께 잠을 자야 하는 상황에 대해 심각하게 거부감을 드러내는 사람들이 많다. 그들은 밤이라는 사적인 시간 속을 침투하는 타인의 시선이 두렵고 고통스러운 것이다. 가족 간에도 이런 현상과 감정은 다르지 않다. 굳게 닫아놓은 자신의 방문이 자신만의 잠자리를 보장해줄 것이라 믿는다. 그래서 현대인의 방은 피에르 세게르의 시가 말하고 있는 것처럼, 타인의 시선을 차단한, 소통을 원하지 않는, 자신만의 몽상을 만들어갈 수 있는 곳으로 변해가고 있다.

침묵과 벽이 되돌려주는

이름을 부르며 나 홀로 가는 집

내 목소리 속에 있고

바람이 살고 있는 기이한 집

그 집을 나는 만들어낸다.

내 손은 구름을, 수풀 위의

넓은 하늘의 배를, 이미지들의 장난에선 양

흩어지고 사라지는 안개를 그리고

— 피에르 세게르

하지만 지금 내가 묵고 있는 기차 칸은 조금의 관계성도 발견할 수 없는 수많은 이방인들이 각자의 방식대로 잠자리를 만들어가는 벽 없는 싸구려 여인숙이다. 아니 차라리 전쟁 피난지에서 하룻밤을 준비하고 있다고 말하는 것이 더 나을지도 모르겠다. 누구를 의심해서인지는 몰라도 각자의 가방에는 가방보다 더 무겁고 단단해 보이는 자물쇠가 달려 있다. 그러나 가방에서 꺼낸 난(밀가루 반죽을 구운 음식)을 선한 눈빛으로 내게 건네는 모습에서 그들에 대한 경계는 눈 녹듯 녹아버린다. 보잘 것 없는 음식이 서로에게 자신의 가방을 맡긴 채 화장실을 다닐 수 있는, 그리고 편안한 잠자리를 보장받을 수 있는 밑천이 된 것이다. 가방의 자물쇠는 밤도둑을 대비한 잠자리 습관일 뿐 동행인을 꺼리는 개인주의적 모습은 결코 아니었다.

밤 열한시. 나는 짐칸으로 올라간다. 이곳은 몸을 누이고 나면 조금의 공간도 남지 않는다. 공간이 너무 좁아 배낭에 모든 짐들을 구겨넣고 배낭을 베개 삼아 자야만 한다. 나의 머리와 발끝에 이층 침대와 연결된 쇠줄마저 없었다면 아마도 나는 잠을 잘 수 없을 것이다. 내 머리 위에는 이 열차 칸의 유일한 냉방시설인 선풍기가 달려 있다. 그것은 회전이나 조작 기능이 전혀 없는, 몇 십 년의 먼지를 고스란히 안고 있는 지저분하고 낡은 선풍기다. 그 덕분에 나는 먼지가 섞인 후덥지근한 바람을 밤새 맞아야 할 것 같다.

하지만 선풍기보다 더 괴로운 건 따로 있다. 코를 찌르는 역겨운 화장실 냄새와 윙윙거리며 땀을 빨아먹는 똥파리의 고문이 그것이다. 내 머리 쪽 방향은 화장실 칸의 상층부와 서로 맞닿아 있는데 화

장실의 온갖 냄새가 내 머리로 쏟아지는 구조다. 나는 최악의 침실을 선택한 것이다.

누적된 피로는 이런 최악의 환경에서도 나를 잠으로 이끌었다. 하지만 불행하게도 잠은 오래가지 못했다. 열차가 쉬는 간이역이 너무도 많았기 때문이다. 열차가 설 때마다 타고내리는 사람들의 부산함은 객차를 벌집처럼 쑤셔놓았다. 그리고 잠자리를 청소해준다며 빗자루를 들고 소란을 피우는 불청객 꼬마들의 갑작스런 출현도 잠을 이룰 수 없는 장애물들이다. 게다가 "나, 배낭 도둑맞았어. 나, 어쩌지?"라는 배낭족들의 울먹이는 목소리가 나의 불안을 가중

짐칸 침대, 불편하거나 혹은 편안한

시켰다.

새벽 두시 반. 도착지까지 아직 네 시간이 남았다. 잠자는 것이 불가능할 것 같다는 생각에 갑자기 서글픔이 밀려온다. 내가 생각했던 기차에서의 하룻밤과는 너무도 거리가 먼 인도의 야간 기차. 비록 6등급 칸의 숙소일지라도 최소한의 잠자리 환경은 보장될 것이라는 나의 기대가 여지없이 무너져내리고 말았다.

그 집의 특유한 냄새는 그곳의 깊은 속살을 보여준다

숙소를 찾아헤매는 것은 내 여행의 중요한 과정이다. 하지만 대부분의 여행자들은 편안하고 깨끗한 숙소만을 갈망하며 숙소를 찾는 일을 귀찮게 여긴다. 마음에 드는 깨끗한 숙소를 찾기라도 하면 자신의 여행이 절반의 성공을 거둔 것이라며 그들은 호들갑을 떨기도 한다. 하지만 그들은 모른다. 낯선 곳에서 집보다 더 친숙하고 아늑한 곳을 찾는 순간, 여행은 이미 실패의 길로 접어든 것임을.

낯선 여행지에서의 숙소는 우리가 보고자 하는 유명 건축물이나 역사적 유물 그 이상의 것이다. 유적지나 역사적 유물들은 나에게 단지 과거의 사건들을 단편적이고 시각적으로 전달해줄 뿐이다. 즉 그것들과 나 사이에는 건널 수 없는 거리감이 존재하며, 그것들과의 만남은 결국 피상적일 수밖에 없다. 고고학자이거나 건축가가 아니라면 그것들이 보여주고자 하는 다층적 이야기들을 깊이 있게

자이푸르행 기차, 인도

읽어내기란 힘든 일이다.

이에 반해 여행지의 숙소는 여행자들에게 과거가 아닌 현재의 살아 있는 모습을 오감으로 이야기해준다. 숙소는 유물이 전하는 시각적 한계와 교과서적 지식으로부터 여행자를 자유롭게 만들어준다. 숙소 주인과 종업인의 인상과 태도, 음식의 맛과 향, 숙소에 비치된 침구류의 문양과 질감, 방의 구조와 분위기, 그리고 그 집의 특유한 냄새는 역사적 건축물이나 유적지가 말하지 못한 그곳만의 깊은 속살을 보여준다.

그래서 나는 숙소 정하는 일에 신중을 기한다. 호텔이나 여관, 게스트하우스 같은 곳은 나의 마음을 사로잡지 못한다. 겉이 지나치게 화려한 숙소, 침대보가 눈송이보다 깨끗함을 자랑하는 숙소들은 여행자들의 낯선 것에 대한 심연의 욕구를 빼앗아버린다. 그리고 일상에서 누렸던 편안한 육체적 쾌락을 되살려놓을 뿐이다. 하지만 낯선 이들과의 자연스런 동침이 가능한 야간 기차, 혹은 특유한 냄새를 가진 낡은 시골 민박집에서의 하룻밤은 여행의 깊이를 더해준다.

3
낡은 아파트 305호, 게으르거나 자유로운

부다페스트, 헝가리

*

일요일은 자유다

월요일 아침 일곱 시의 지하철 공포, 화요일의 의미 없는 소주 회식, 이런 것들로부터 나는 탈출한다. 짙은 안개처럼 나의 눈을 에워쌌던 6일간의 일들은 일요일이 되면 소리 없이 사라진다. 당당하고 무겁게 나를 지배하던 그 시간들은 더이상 내게 위협적이지도 의무적이지도 않다. 나는 먹다 남은 바게트 빵과 함께 그 시간들을 쓰레기통으로 던져버렸다. 일요일이 되면 나는 가벼워지고 충만해진다. 시간을 벗고 게으름으로 나를 채울 수 있기 때문이다. 타인의 시선에서 벗어나 나만의 본능에 충실해질 수 있는 시간, 일요일.

나는 부스스한 머리와 고슴도치처럼 자란 수염을 달고 딱히 볼 것 없는 부다페스트 거리를 배회한다. 길거리 시계탑이 오후 4시 30분, 화요일임을 가리키고 있다. 하지만 나에겐 오늘도 일요일이다. 나는 게으름을 즐기기 위해 뮌헨에서 8시간을 달려 부다페스트로 왔다. 다른 여행객들은 부다페스트의 멋진 풍경들을 찾아 이곳으로 왔을 것이다. 하지만 나는 그들과 달랐다. 단지 게으름을 얻고 싶었을 뿐. 나는 부다페스트가 나의 게으름과 어울리는 곳이라 생각했다. 숙소는 싸고 편안하며 먹거리 역시 경제적 부담이 적어 마음껏 먹을 수 있는 곳이기 때문이다. 더불어 배낭족들과 관광객들에게 길거리를 빼앗길 일도 없을 것이라 생각했다. 나는 아파트 민박집에서 1주일가량 빈둥거리며 공상에 빠지기로 마음먹었다. 하지만 내가 찾은 민박집은 한 가지 단점이 있었다. 가격이 저렴한 대신 다른 배낭족 한 명과 함께 지내야 한다는 것이다. 철저하게 게을러지기 위해 혼자이고 싶었지만, 가난한 배낭족인 나로서는 어쩔 수 없는 조건이었다.

"인호, 반가워. 그런데 너는 이곳에서 뭘 하며 지낼 거야?"

함께 지내게 될 캐나다 배낭족 제임스가 인사하며 묻는다.

"나는 그냥 게으름을 즐길 거야. 하루 종일 집에서 자거나 배고프면 닭 요리를 실컷 해먹거나."

나의 대답에 제임스는 조금 당황해 하는 눈빛이었다.

"그리고 오후에는 한가하게 거리를 걸으면서 시간을 죽일 거야. 내가 시간을 너무 많이 걸치고 있어서 몸이 무겁거든."

제임스는 나를 이해했는지 웃으면서 고개를 끄덕였다.

"인호, 나 먼저 샤워해도 되지?"

"물론이야. 난 한동안 안 씻을 거니까 신경 쓰지 말고 마음껏 샤워해."

나는 그날 오랜만에 옷도 벗지 않은 채 오랜 시간 달콤한 잠에 빠져들었다.

게으름이 햇살처럼 온몸으로 스며들었다

다음날, 아파트 창살로 깊게 들어온 햇살이 나를 깨웠다. 오전 11시. 제임스는 나가고 없었다. 정말 게을러질 수 있는 시간과 공간이 내게 주어진 것이다. 첫 번째 게으름은 먹는 것으로부터 시작되었다. 잘 차려진 밥상을 위해 부엌에서 시간을 보내는 게 아니라 어제 먹다 남은 빵에 말라가는 딸기 잼을 발라 먹었다. 그것도 식탁이 아닌 푹 꺼진 거실 소파에 누워서 알 수 없는 TV 프로그램을 보면서 말이다. 닭 요리에 대한 계획도 미련 없이 지워버렸다.

평일에는 내가 누군지 많은 것들이 말해준다. 나의 지위, 나의 일, 나의 외모와 인간관계 등이 나에게 너무도 많은 옷들을 입혀놓고 어울린다는 아부를 하거나 아니면 볼품없는 옷이라고 험담을 늘어놓곤 한다. 하지만 지금은 타자가 만들어준 의례적인 옷들을 벗어 던지고 내 몸에 딱 맞는 그래서 너무나 편한 옷을 걸치고 있다.

부다페스트, 헝가리

아니, 나는 아무것도 입고 있지 않다. 나는 나체다. 딱딱하게 말라버린 빵처럼 타자는 죽었다.

해가 질 무렵 슬리퍼를 끌고 부다페스트 거리로 나갔다. 무엇을 보거나 어디를 가기 위해 집을 나선 건 아니었다. 공간적 게으름 속으로 나를 집어넣어보고 싶었다. 평일처럼 반드시 가야 할 공간이 존재하는 것도 아니고, 그런 곳에서 누군가를 만나야 하는 것도 아니다. 그냥 무의식적으로 발걸음을 옮기고 시선이 머무는 곳에서 발을 멈추면 된다. 그때 그곳은 게으름이 만든 나만의 공간, 일요일의 공간이 되는 것이다. 하지만 현대인들은 일요일의 공간, 게으름의 공간을 찾지 못하고 있다. 연인들은 극장의 인파 속에 묻혀 사적인 공간을 잃어버리고, 가족들은 놀이동산이나 쇼핑몰에서 다른 가족들과 즐거움을 경쟁해야 한다. 그들에게 일요일은 또다른 평일일 뿐이다.

부다페스트의 거리는 의외로 사람들이 적지 않았다. 특히 바치 거리는 우리의 명동과 흡사했다. 이곳의 건물들은 모두 같은 높이의 키를 가지고 있다. 현대의 화려한 건축물들과 중세의 고풍스런 건물들이 나란히 어깨동무를 한 채 바쁜 도시인들의 숨소리를 고스란히 받아내고 있었다. 그들도 피곤해 보였다. 나는 이 거리를 빠져나가야 했다. 건물들이 뱉어내는 거친 호흡이 나를 숨막히게 만들었다. 나만의 거리, 나만의 쉼터가 필요했다. 빠르게 걸음을 옮겨 바치 거리에서 빠져나왔다. 그리고 작고 낡은 골목 속으로 기어들었다. 길을 잃어도 좋다는 생각이 오히려 나를 흥분시켰다. 그렇게 오랜 시간 골목을 찾아 헤맨 후 게으름에 젖어 있는 공간과 사람들을 만날 수 있었다. 로자라는 한적한 거리를 발견한 것이다.

작은 놀이터, 그 옆에 버드나무 그늘을 깔고 누운 낡은 벤치. 누구에게도 시선을 받지 못할 것 같은 이름 모를 빛바랜 동상. 그네를 타고 있는 꼬마들의 웃음소리, 벤치에서 졸고 있는 할머니의 나른함이 여기저기 제멋대로 놓여 있었다. 이곳은 마치 바쁜 어른들은 들어오지 말라고 외치는 성역의 공간처럼 느껴졌다. 이곳이야말로 진짜 일요일이었다. 해가 질 때까지 마음껏 뛰어 노는 아이들과 벤치에서 타인의 시선을 무시한 채 낮잠을 즐기는 노파들이 일요일을 닮아 있었기 때문이다. 나는 노파 옆에 앉아 오랜 시간 눈을 감았다. 그리고 노파의 한가로움과 어린아이들의 재잘거림을 들었다. 동상이 떨어뜨린 무관심도 주웠다. 그러자 머릿속의 수많은 말들은 어딘가로 사라지고, 게으름이 햇살처럼 온몸으로 따스하게 스며들었다. 나는 잠이 들었다.

"욕망이란 육체와의 공모 하에 완벽히 추락하는 것이다."
— 사르트르, 《존재와 무》 중에서

차갑고 단단한 이성으로 욕망을 통제하는 사람은 슬픈 사람이다. 사르트르의 말처럼 욕망에 충실하기 위해선 육체가 이성을 뛰어넘어야 한다. 그런데 이성은 나의 것이 아닌 집단에 의해서 조작되고 구성된 것이어서 그것으로부터 스스로 벗어난다는 것은 결코 쉬운 일이 아니다. 혹시 이성으로부터 우연히 탈출해 욕망의 품속에 안긴다고 해도 그 시간은 오래 가지 못한다. 그래서 우리는 짧지만 강렬했던 욕망의 품속을 언제나 그리워하며 살고 있는 것이다.

과거에 형성된 자신만의 감각적 반응과 전혀 다른 낯선 욕망은 이성과의 치열한 싸움을 벌인다. 이럴 때 낯선 욕망이 승리하고 이성이 쓰러지는 것을 나는 게으름이라 부른다. 언제나 정해진 길로만 인도하고 이기는 법만 가르치던 이성이 자신의 권위를 육체에게 양보할 때 게으름은 비로소 시작된다. 일요일이여, 욕망과 게으름의 승리자여, 그대는 자유다.

평일은 재즈처럼 늘 비슷비슷한 템포로 움직인다. 일요일은 훨씬 조화로운 날이며, 나타나는 영상 하나하나가 우리 나날의 큰 줄기를 이루는 것으로 갈음되듯이, 우리는 갑작스럽게, 아주 쉽게 손으로 만질 수 있는 그런 사물, 곧 위대한 시간을 맞이한다.

— 피에르 쌍소, 《게으름의 즐거움》 중에서

온 세상 넓고도 넓어 술잔보다 크구나

부다페스트 거리에서 숙소로 돌아온 나는 다시 빈둥거렸다. 배는 고팠지만 밥은 먹고 싶지 않았다. 체력을 위해서 먹어야 한다는 이성의 말은 듣지 않기로 했다. 마침 제임스가 돌아왔다.

"인호, 우리 술 마시러 갈까?"

그 말에 나는 한참을 망설였다. 나는 한동안 술을 마시지 않았다. 왜인지는 모르지만 어느 순간부터 술과 멀어지기 시작했다. 그래서 슬픈 날이 더 많아졌다. 술이 주는 매력적인 것들로부터 소외된 내 자신이 초라해 보였기 때문이다. 대학 졸업할 후 술에 대한 나의 이성적 통제가 너무 강했던 것이리라.

"좋아, 마침 배도 고픈데……. 그리고 부다페스트의 술 맛도 궁금하고."

나는 술에 대한 나의 통제를 풀어주었다. 우리는 아파트를 나와 도나우 강을 따라 오랜 시간 걸었다. 대부분의 술집들은 화려하거나 혹은 아담했다. 고급 와인 하우스가 있는가 하면 동네 포장마차 같은 선술집이 강변을 따라 늘어서 있었다. 하지만 내가 들어갈 술집은 어디에도 없는 듯 보였다. 와인 하우스에서 술을 마신다는 것은 가난한 배낭족인 나에게 며칠의 끼니를 포기해야 하는 사치이며, 선술집의 거친 분위기는 나를 거부하고 있는 듯 보였기 때문이다. 그렇지만 나는 술을 포기할 수는 없었다.

"제임스, 우리 겔레르트 언덕에서 술을 마시는 건 어때? 부다페스트의 야경을 안주 삼아서 밤늦도록 말이야."

나의 제안에 제임스는 기발한 생각이라며 흔쾌히 찬성했다. 우리는 와인과 맥주 그리고 과자 부스러기를 들고 겔레르트 언덕으로 올라갔다. 낯선 거리에서 술을 마신다는 것, 그것은 일상의 삶에서는 상상조차 할 수 없는 일이다. 하지만 낯선 곳, 그리고 일요일이라면 가능한 일이리라. 와인을 마셔 얼굴과 심장이 뜨거워지자 바쿠스 신이 다가와 착한 영혼의 가면을 벗기었고, 맥주를 들이키자 감부리누스 신이 다가와 나의 권태를 쫓아버렸다. 마치 나는 달을 사랑하고 세상을 버린 이태백이 된 듯했고, 술을 통해 괴물의 영혼을 가지고 싶어 했던 랭보가 된 듯하기도 했다. 나는 이미 타인이 되어 있었다.

취한 세상 세월도 아름답다.

변함없이 미친 마음 호걸스럽고 편안하니

몸 세상에 떠돌아 벼룩처럼 쓸모 없다.

온 세상은 넓고 넓어 술잔보다 크네

두 친구 옆에 있어 따르라고 가르치나

천 길 흐르는 가슴 속에 곧장 오는 것

한 말 술에 백수의 시는 아이들의 말장난일 뿐

취한 세상 넓은 줄은 그 누가 알겠는가.

— 이백, 〈취향(醉鄕)〉

멀리 부다페스트의 야경이 물먹은 듯 반짝이기 시작했다. 나의 가슴은 두근거렸고, 뜨거운 피가 핏줄을 타고 온몸으로 퍼져갔다. 위선의 껍질들이 하나 둘 녹아내렸다. 나는 가벼워졌다. 나는 어떠한 유혹에도 넘어갈 수 있는 가벼움으로 변하고 있었다. 야경은 매혹적인 입술을 가진 여인처럼 나의 금기를 깨기 위해 은밀히 걸어왔고, 나는 두 팔을 뻗어 그녀를 안았다. 그녀의 뜨거움은 나를 쾌락과 방종으로 이끌었다. 육체가 정신을 지배하는 화려한 반역의 시간, 그 시간 속에서 나는 황홀했다. 나는 술에 취하고 야경에 매혹되어 게으름을 사랑했다.

1주일의 게으름이 익어갈 무렵 나는 부다페스트를 빠져나왔다. 빨지 않은 양말을 신고, 며칠 째 감지 않은 머리를 하고, 정리되지 않은 배낭을 맨 채 느릿느릿 기차역으로 걸어갔다. 하찮게 여겨지는 것들과 친해지고, 세상으로부터 한 발짝 물러날 수 있는 용기가 생기며, 나의 후줄근해진 삶이 다시 젊음으로 되살아날 수 있는 일요일. 나는 이것들을 여행의 남은 날까지 뜨겁게 껴안으리라.

이방인은 바다 건너 저쪽으로부터 불쑥 우리에게 다가온 게 아니다

여행은 이방인의 일요일이다. 이방인은 타인의 시선이 만든 기준들을 벗어던진 채 자기 모순 속에서 살아가는 사람이다. 세상으로부터 벗어나고자 몸부림치면서도 언제나 또다른 세계 속으로 자신을 밀어넣고 있으니 말이다. 하지만 이방인은 경계선 저쪽, 바다 건너 저쪽으로부터 불쑥 우리에게 다가온 건 아니다. 이방인은 인간의 본래적 존재의 조건이며 세계 속에 혹은 우리의 일상 속에 버젓이 앉아 있는, 인간들 속에서 태어난 인간이다. 따라서 이방인이 되고 싶다면, 이방인의 삶을 즐기고 싶다면 홀로 서 있어서는 안 된다. 오히려 낯선 사람들 속으로 뚜벅뚜벅 걸어 들어가야만 한다. 그때 우리는 비로소 진정한 고독, 이방인의 모습을 그 속에서 발견할 수 있을 것이다. 카뮈는 《시지프스 신화》에서 이방인이 되는 순간을 이렇게 표현했다.

> 그렇다면 살아가는 데 반드시 필요한 수면마저 이루지 못하게 하는 이 측량할 길 없는 감정은 도대체 무엇이란 말인가? 설사 시원찮은 이유들을 가지고서라도 설명할 수 있다면 그 세계는 낯익은 세계이다. 그러나 이와 반대로 돌연 환상과 빛을 잃은 세계 속에서 인간은 스스로 이방인이 되었음을 느낀다. 이 낯선 세계로의 유적에는 구원이 없다. 왜냐하면 그곳에는 잃어버린 고향의 추억도 약속된 땅의 희망도 없기 때문이다. 인간과 그의 삶, 배우와 무대장치 사이의 절연, 이것이 다름 아닌 부조리의 감정이다.
>
> ― 알베르 카뮈, 《시지프스 신화》 중에서

이처럼 이방인은 부조리한 인간의 전형이다. 카뮈는 또다른 작품《이방인》에서 부조리한 인간의 전형으로 뫼르소를 지목했다. 하지만 나는 세상을 떠도는 '여행자'야말로 진정한 이방인, 부조리한 인간이 아닌가 싶다. 세계 속에 존재하면서 끊임없이 탈주를 꿈꾸는 자, 인간의 본질적 욕망과 근심으로부터 분리를 선언하는 자, 통일성의 사슬을 풀고자 안간힘을 쓰는 자의 다른 이름이 여행자다.

그렇다면 왜 우리는 게으르고 자유로운 삶을 좇는 여행자가 되기를 갈망하는 걸까? 그것은 이성의 허영심이 만들어낸 자연스런 결과물이다. 우리들은 이성의 완전성을 감탄하며 그의 노예가 되기를 마다하지 않았다. 하지만 주인으로서의 이성은 우리를 시계태엽 속으로 밀어넣어 권태롭게 만들었다. 그러자 비합리적이며 볼품없어 보이던 감성들이 작은 들꽃처럼 저항하듯 피어나기 시작했다. 그러면서 이성의 위선들로부터 자신들을 멀리 떠나보내기 위해 몸부림 쳤다. 작은 감성들의 반란이 배낭을 메게 만든 것이다.

이성은 인간을 너무 협소한 울타리에 가두고 너무나도 제한된 지식만을 허용함으로써 이미 알려진 틀에서만 살도록 강제한다. 그런데도 인간은 이런 삶을 참된 삶이라고 생각한다. 사실 우리는 우리의 의식을 훨씬 넘어서는 일상을 살고 있는데…….

— 카를 융,《기억, 꿈, 사상》중에서

하지만 이방인의 삶을 꿈꾸면 꿀수록 절망은 더 커져만 간다. 이방인의 욕망이 이성에 짓눌린 채 심연의 가장 구석진 방안에 갇혀 있어 쉽사리 밖으로 나올 수 없기 때문이다. 하지만 분명한 건 이방인의 삶이 그 어떤 본능적 욕구보다 강하기 때문에 그것의 유혹을 이겨내는 것 또한 쉽지 않다는 점이다. 그래서 우리는 틈만 나면 여행을 떠나려 한다. 그리고 낯선 곳에 혼자 남겨진 자신을 상상한다. 게으른 여행자가 되어 낯선 타인들의 숲 속을 거닐고 싶은 것이다. 이때 우리에게 필요한 건 이성의 부름에 귀를 닫는 것이다. 정상에서 되돌아 내려오는 시지프스의 걸음이 절망이 아니라 다시 돌을 굴려올리기 위한 휴식이듯이 우리도 시지프스처럼 이성의 정상에서 걸어 내려와야만 한다. 절망의 늪에 빠져 있는 이방인을 건지기 위하여 여행을 떠나야 한다.

릭샤, 가벼운 그러나 가볍지 않은 ─ 델리, 인도
비행기, 거만한 그러나 인간적인 ─ 리우데자네이루, 브라질
기차, 느린 그러나 아름다운 ─ 로렐라이, 티티카카 호수, 융프라우

6부

이동,
그 속도에 관하여

델리, 인도

1
릭샤, 가벼운 그러나 가볍지 않은

델리, 인도

*

인도가 나를 반기는 방식은 어느 곳보다 독특했다

인도가 나를 반기는 방식은 어느 곳보다 독특했다. 후덥지근한 날씨와 목을 조여오는 습한 공기, 그리고 나의 시선을 놀라게 한, 낡고 때묻은 흰 머릿수건의 릭샤꾼들. 특히 릭샤꾼들은 가늘고 애절한 목소리로, 혹은 위협적이거나 선량한 눈빛으로, 혹은 때 묻은 흰 머릿수건으로 이마의 땀을 훔치는 연민의 몸짓으로 나를 순식간에 포위해버렸다. 내가 그들의 사냥감이 되어버렸다는 생각에 옅은 공포감마저 밀려왔다. 하지만 순식간에 나를 둘러싼 그들의 욕망으로부터 벗어날 수 있는 길은 없었다. 오직 그들의 욕망에 순응해야 할 뿐……

나는 불편하고도 공포스러운 이 분위기에서 빨리 탈출하고 싶었다. 하지만 나를 바라보는 수많은 눈동자의 욕망을 피할 수 있는 방법은 어디에도 없어 보인다. 빨리 달릴 수 있을 것 같은 튼튼한 다리의 아저씨, 싼 가격으로 흥정할 수 있을 것 같은 늙은 아저씨, 선량하지만 극히 초라해 보이는 젊은이 가운데서 한 명만, 오직 한 명만 선택해야 한다. 결국 나는 가장 선량한 눈빛을 가진 젊은이를 선택했고 가격 흥정에도 성공했다. 그러자 나를 둘러싸고 있던 흰 머릿수건의 무리들은 썰물 빠져나가듯 사라져버렸다.

정말 우연일까? 내가 인도에 도착하기 전날까지만 해도 나는 이들처럼 누군가에게 선택을 받아야 살 수 있는 존재였다. 나는 생계비와 인도행 티켓을 위해 매일 새벽 인력시장으로 나갔다. 그리고 개미처럼 모여 든 가난한 어른들의 틈바구니 속에서 불안하게 선택을 기다렸다. 때로는 나의 육체를 누군가에게 팔아야 한다는 현실이 서글프기도 했지만, 더욱 나를 슬프게 만든 것은 선택 받지 못했을 때 밀려드는 무기력과 절망감이었다. 그런 날은 하루 종일 좁은 옥탑 방에서 눅눅한 장판에 등을 대고 뒹굴어야 했다. 내 자신이 아무짝에도 쓸모없는 버려진 폐기물처럼 느껴졌다. 이렇게 누군가에게 자신의 몸을 팔아야 살 수 있었던 내가 오히려 선택을 해야 하는 불편한 입장에 놓여 있다는 사실이 믿기지 않는다.

간다

울지 마라 간다

흰 고개 검은 고개 목마른 고개 넘어

팍팍한 서울 길

몸 팔러 간다

언제야 돌아오리란

언제야 웃음으로 환하게

꽃피어 돌아오리란

댕기 풀 안쓰러운 약속도 없이

간다

울지 마라 간다.

모질고 모진 세상에 살아도

분꽃이 잊힐까 밀 냄새가 잊힐까

사뭇 사뭇 못 잊을 것을

꿈꾸다 눈물 젖어 돌아올 것을

밤이면 별빛 따라 돌아올 것을

간다

울지 마라 간다

하늘도 시름겨운 목마른 고개 넘어

릭샤, 가벼운 그러나 가볍지 않은   265

팍팍한 서울 길

몸 팔러 간다

— 김지하, 〈서울 길〉

우리는 평생을 선택하거나 선택 받으며 살아가야 한다. 선택이라는 구속으로부터 자유로운 인간은 없다. 선택의 굴레에서 벗어날 수 있는 순간은 단 두 번뿐이다. 자신의 의지와 상관없이 세상에 던져지는 출생의 시간과 죽음에 이르는 마지막 시간이 그것이다. 따라서 선택이 우리 삶의 주인이며 우리는 고작 그 선택에 따라 움직이는 종에 불과하다고 말할 수 있을 것이다. 그런데 서글픈 것은 모든 사람들에게 선택의 상황이 동일하게 주어지지 않는다는 점이다. 가난한 이들에게는 선택적 범주가 좁거나 혹은 전혀 없는 경우가 존재하는 반면, 가진 자들에게는 선택적 범주가 귀찮을 정도로 넓다는 것이다. 결국 우리는 살기 위해 사는 것이 아니라 선택적 범주를 늘리기 위해서 존재하는 것이 아닐까 싶다.

릭샤는 계급을 실어날랐다

나는 인도의 수많은 교통수간 가운데 가장 느리고 위험해 보이는 사이클 릭샤를 선택했다. 가난한 배낭족의 어쩔 수 없는 선택이었고, 숙소로 가는 내내 나는 복잡한 감정들에서 헤어날 수가 없었

다. 이 작고 불안한 교통수단이 굳어 있던 나의 감정을 파도처럼 흔들어놓았기 때문이다. 사이클 릭샤의 구조적 형태가 가져오는 불편함 감정들과 느린 속도가 던져준 델리의 우울한 풍경들이 나를 괴롭게 만들었다. 사이클 릭샤의 생김새를 보면 자전거에 인력거를 결합한 어설픈 이동 수단이다. 릭샤꾼이 열심히 페달을 밟아야 하는 앞부분의 자전거와 두 명이 겨우 앉을 수 있을 정도 크기의 인력거가 뒷부분에 매달려 끌려간다.

이런 구조는 뒷자리의 손님이 자전거를 끄는 릭샤꾼을 조금 높은 위치에서 거만한 자세로 그의 행동들을 감시하듯 처다볼 수밖에 없다. 하지만 릭샤꾼은 자전거를 타는 것이 아니라 앞만 보며 끌어야 한다. 사이클 릭샤의 앞바퀴와 뒷바퀴는 체인으로 연결되어 서로의 힘을 전달하고 받는 과정에서 앞으로 굴러가지만, 릭샤꾼과 손님의 관계는 연결이 아닌 단절적이거나 일방향적 수직관계일 뿐이다. 계급적 질서에 익숙하지 않은, 또는 상위의 지위보다 하위의 지위에 오랫동안 머물러 있는, 혹은 영원히 머물러야 할지 모르는 나에게는 손님이라는 자리가 너무나 불편하기만 했다.

뒷자리 손님으로서의 불편함은 여기서 끝나지 않았다. 약간의 언덕이나 고갯길을 오를 때 앙상한 나뭇가지 같은 릭샤꾼의 다리가 휘청거리는 것을 바라보는 것, 검게 탄 목덜미 위로 흘러내리는 땀 냄새를 맡는 것, 끊어질 듯 끊어질 듯 이어지는 릭샤꾼의 거친 숨소리를 듣는 것은 그 어떤 불편함과도 비교할 수 없을 정도로 고통스러웠다. 하지만 손님인 내가 그런 불편함을 줄일 수 있는 방법은 어디에도 없었다. 오히려 내가 할 수 있는 것은 이런 불편함에 익숙해지는 것이었다.

그런데 이런 불편함을 조금이나마 해소할 수 있는 사건이 발생했다. 릭샤가 언덕을 오르지 못해 내가 릭샤를 뒤에서 밀어야 했다. 그러자 그 모습을 보고 있던 주변사람들이 뭐라고 소리치며 릭샤꾼을 다그쳤다. 그리고 나에게도 얼굴을 붉히며 화를 냈다. 갑작스럽고 황당한 상황에서 나는 주변 사람들의 원인 모를 삿대질에 화가 치밀어올랐다. 나도 그들에게 질세라 험한 말을 쏟아내며 그들의 멱살을 잡았다. 나중에 안 사실이지만, 손님 혹은 릭샤꾼보다 높은 계급의 사람들은 어떤 일이 있어도 그들의 일을 도와줘서는 안 된다는 것이었다. 그 일은 불가촉천민만이, 그들이 마땅히 해야 하는 힘든 일이었던 것이다. 하지만 나는 릭샤꾼의 편에 서서 그들과 싸웠다. 그렇게 우리는 하나가 되었다.

그래서 인도는 슬프다

사이클 릭샤의 불편함은 딜레마 그 자체다. 앙상하게 말라버린 릭샤꾼들의 모습을 보면서도 사이클 릭샤를 탄다는 것은 그들을 고통의 굴레 속으로 밀어넣는 비도덕적 행위인 것처럼 보인다. 나의 편안함을 위해 타인의 고통을 이용한다는 것, 그것은 분명 악이요 비도덕적인 것이다. 하지만 역설적이게도 릭샤꾼에게는 그런 고통이 필요하다. 손님을 태우고 릭샤를 끌고 있다는 것, 자신의 사이클 릭샤와 자신의 몸이 무거워졌다는 것은 그들 삶의 끈을 이어가고 있다는 증거이기 때문이다. 그래서 나는 릭샤를 타야 하고, 불편한 손님의 지위에 오래도록 머물러 있어야 했다.

박완서의 소설 《자전거 도둑》을 보면, 열여섯 살 꼬마점원 수남이가 등장한다. 수남이는 자전거를 이용해 가게 영감의 잔심부름과 수금하는 일을 도우며 살아간다. 그러던 어느 날 수남이의 자전거가 고급 자동차에 부딪치고 만다. 결국 고급 자동차 주인은 수리비로 5천원을 요구하며 자전거에 자물쇠를 채워버린다. 수남이는 고급 자동차를 가지고 있는 사람이 아주 작은 흠집에 과한 욕심을 부리고 있다고 생각하고, 주변 사람들의 응원에 힘입어 자전거를 들고 가게로 도망 온다. 이 소설에서 수남이가 자전거를 가지고 도망가는 것에는 명백한 당위성이 존재한다. 자전거는 수남이의 존재 그 자체이며, 가족의 미래였기 때문이다. 사이클 릭샤 역시 마찬가지이다. 릭샤꾼들에게는 사이클 릭샤가 자신들의 존재 근거인 동시에 삶 그 자체다. 하지만 타인들에게 사이클 릭샤는 자신들과의 계급적 차이를 상징하는 기제일 뿐 그 이상도 그 이하도 아니다. 그래서 인도는 슬프다.

당신이 내 손을 잡아주는 것, 그것만큼 큰 적선은 없소

이런 불편함의 딜레마에도 불구하고 나는 시속 15킬로미터 정도의 느린 속도를 가진 사이클 릭샤의 매력에 푹 빠져들었다. 번잡한 대도시의 한복판을 쉴 새 없이 가로지르며 거북이처럼 느릿느릿 달릴 수 있다는 것이 믿기지 않았다. 일상에서는 빠른 것이 정상적인 속도다. 만약 느린 속도로 움직인다면 그것은 정지해 있거나 혹은 뒤로 가고 있는 것이나 마찬가지이다. 따라서 어쩔 수 없이 모두가 빠름에 중독되고 그것은 곧 빠름이 아닌 보통의 속도가 되어버리고 만다. 빠름에 중독된 사람들은 속도의 감각을 잃어버리고 가속 페달만을 밟는다.

하지만 여행에서는 느린 것이 정상 속도다. 빠르게 목적지만을 향해 달려간다면 순간순간 만날 수 있는 과정 속의 아름다운 것들을 놓쳐버리게 된다. 내가 인도에서 타지마할 묘를 보는 것은 하나의 건물을 감상하는 것에 지나지 않지만 사이클 릭샤를 타고 목적지 없이 느릿느릿 델리의 한복판을 달리는 것은 인도 전체를 만나는 것과 같다.

사이클 릭샤가 주는 느림의 매력은 여기서 끝이 아니다. 릭샤꾼들은 느리면서도 잽싸게 수많은 자동차와 오토바이 사이를 스릴감 넘치게 빠져나간다. 가장 느린 사이클 릭샤가 이렇게 무질서하고 혼잡한 곳에서는 가장 빨리 달리는 것으로 변하는 것이다. 하지만 오히려 가장 빠른 자동차는 무질서와 혼잡에 갇혀 오도가도 못하는 가장 느린 것이 되고 만다. 결국 자신의 본성적 속도를 상실한 자동차들은 짜증스런 경적소리로 무질서에 저항해 보지만 사이클 릭샤만큼 자유롭게 도로를 지배하지는 못한다.

사이클 릭샤끼리는 인사를 나누며 나란히 혹은 길을 양보하며 달리곤 한다. 자동차들이 끼어드는 다른 차들을 향해 욕설을 퍼붓거나 삿대질을 하는 것과는 너무나 대조적인 풍경이다. 사이클 릭샤가 꼼짝없이 멈춰 서 있는 자동차들을 추월할 때마다 왠지 모를 통쾌함이 바람처럼 시원했다.

숙소에 도착한 나는 뭔지 모를 유혹에 이끌려 흥정했던 값보다 두 배나 많은 운임을 릭샤꾼에게 지불했다. 가브리엘은 조금 당황하는 눈빛이었다. 하지만 나는 괜찮다고, 고생 많이 했다고, 받을 만하다고 웃음으로 말해주었다. 그제야 선한 눈빛의 가브리엘은 내가 숙소 안으로 사라질 때까지 연신 고개 숙여 인사했다. 나는 불편함의 딜레마와 느림의 쾌감에 대한 진심 어린 감사의 표시를 하였을 뿐이었다.

사람에 따라, 시간과 공간에 따라 돈의 가치는 달라진다. 여행객에게는 아주 작은 돈이 델리의 릭샤꾼들에게는 아주 큰돈이 될 수 있다. 관광객들의 호텔 한 끼 점심식사 비용은 이곳 길거리 식당의 종업원들에게는 한 달 생활비가 될 수 있다. 만약 릭샤꾼들이 제시하는 요금을 깎지 않고 그대로 지불한다면 그들에게는 1주일 분량의 빵이 더 생기거나 혹은 막내딸에게 예쁜 운동화 한 켤레를 사줄 수 있을지도 모른다. 그런데 대부분의 여행객들은 릭샤꾼들에게 너무나 인색하다. 여행객들은 가격을 흥정하는 것이 아니라 그들과 격한 말투로 논쟁을 벌인다고 해야 할 것 같다. 분명 정해진 가격은 없다. 따라서 여기서 절대적 가격의 기준은 존재하지 않는다. 릭샤꾼들이 부르는 가격은 여행객들이 생각하는 것만큼 터무니없거나

사기꾼적인 가격이 아니다. 오히려 릭샤꾼들이 제시하는 가격이 여행객들의 경제적 수준을 고려해볼 때 더 합당하고 객관적일지도 모른다. 만약 손님이 어떤 가격을 지불했다면, 지불한 만큼의 대접을 그들로부터 받게 될 것이다. 돈의 상대적 가치를 잘 알고 쓰는 사람만이 행복한 여행자가 될 수 있다.

나는 3일 간 델리에 머물렀다. 그 동안 사이클 릭샤에 익숙해졌고 가브리엘과도 더욱 친해졌다. 오늘은 델리를 나오는 마지막 날

아침이다. 가브리엘이 나의 숙소 앞으로 나를 데리러 왔다. 그런데 가브리엘의 사이클 릭샤가 보이지 않았다. 나는 놀라서 그 이유를 물었다. 가브리엘의 눈가가 조금씩 붉어지고 있었다. 그는 울먹이는 목소리로 릭샤가 자동차와 부딪쳐 부서졌다고 한다. 나는 한 동안 말을 이을 수가 없었다. 그런데 오히려 가브리엘은 나를 걱정했다. 무더위에 큰 짐을 지고 어떻게 기차역까지 가겠냐고. 가브리엘의 눈에는 눈물이 맺혀 있었다. 나의 가슴에도 눈물이 맺혔다. 내가 그에게 해줄 수 있는 것은 아무것도 없었다. 단지 투르게네프의 소설 《거지》에서 주인공이 구걸하던 거지의 더러운 손을 따뜻하게 잡아준 것처럼 나는 가브리엘의 앙상한 손을 오래도록 잡아주었다.

그는 뻘겋고, 부풀고, 더러운 손을 나한테 내밀었다. 그는 신음하듯, 무어라고 중얼거리면서 동냥을 청했다. 나는 내 호주머니를 온통 뒤지기 시작했다. 지갑도 없고, 시계도 없고, 손수건까지도....... 나는 가진 것이라곤 하나도 없었다. 그가 내민 손은 힘없이 흔들리면서 떨리고 있었다. 당황해서, 어쩔 줄 모르는 채로, 나는 그 더럽고 떨리고 있는 손을 꼭 잡았다.

"노하지 말게, 형. 나는 가진 것이 하나도 없군 그래, 응."

거지는 새빨갛게 충혈된 눈으로 나를 빤히 쳐다보면서, 그 푸르딩딩한 입술에 미소를 띠었다. 그리고 그는 내 차디찬 손을 꼭 잡아주었다.

"좋소이다, 형."

그는 중얼중얼 말을 했다.

"이만해도 고마워요, 너무 큰 적선이오, 형."

— 투르게네프 〈거지〉

그렇게 나는 가브리엘 그리고 델리와 슬픈 이별을 했다.

2
비행기, 거만한 그러나 인간적인

리우데자네이루, 브라질

*

공항을 폐쇄합니다

비행기의 집, 공항. 우리는 설레는 마음으로, 또는 위풍당당한 모습으로, 조금은 거만한 눈빛으로 혹은 긴장된 눈빛으로 공항에 들어선다. 그리고 처음 비행기를 타는 사람들은 소풍을 가는 것처럼 들뜬 마음을 감추지 못하고 공항 여기저기를 배회한다. 첫 비행 경험에 대한 흥분을 진정시킬 수 없기 때문일 것이다. 하지만 여러 번 비행 경험이 있는 사람들은 초험자들을 비웃기나 하듯이 대합실 의자에 앉아 잠을 청하는 것이 대부분이다. 또는 비행이 귀찮은 것인 양 농담 섞인 말투로 공항 직원들에게 너스레를 떨기도 한다. 단체 관광객들은 무리지어 다니며 공항 이곳저곳에 사진기를 들이대

느라 정신이 없다. 이렇게 공항은 여행객들에게 낯선 곳에서의 추억이 시작되는 곳이며, 자신의 욕망이 하늘로 날아오르는 출발지이다.

공항에서 비행기를 기다리는 사람들의 표정은 유사하지만 공항 그 자체의 풍경은 나라마다 다르다. 한국과 일본의 공항은 친절하고 깨끗하다. 반면 미국과 영국 같은 선진국들의 공항은 손님들을 병든 병아리 감별하듯 엄격함과 차가움으로 맞이한다. 입국 손님들에 대한 환영보다는 자신들의 안전이 우선인 것이다. 나는 미국 공항에서 작은 홍삼 엑기스와 페루에서 선물 받은 소금 때문에 범죄자 취급을 받아야 했다. 영국 공항에서는 찢어진 청바지와 긴 곱슬머리, 그리고 검게 탄 나의 얼굴 때문에 불법체류 노동자로 분류되어 몇 시간 동안 심사관의 질문에 시달린 적도 있다. 했다. 심지어 여행자수표에 사인이 없다는 이유로 영국의 게이트 웍 공항 경찰대에 하루 동안 억류되어 있기도 했다.

하지만 후진국들의 공항에서는 편안함과 불안함을 동시에 느낄 수 있다. 이들 공항에는 선진국 공항들이 갖춘 첨단 감시 시설이 없다. 조금은 낡고 오래된 공항이 우리네 시골 버스 정류장 같은 느낌으로 다가온다. 그리고 출입국 심사관들도 동네 아저씨들처럼 편안하다. 특히 인도나 중남미 국가들의 공항은 여기가 정말 공항인가라는 의심이 들 정도로 허술하고 자유롭다. 해발 3,800미터에 위치한 페루의 훌라아카 공항은 우리의 시골 버스 정류장보다도 작다.

발권창구는 세 명이 지키고 있었고, 게이트도 하나뿐이었다. 발권 담당 여직원들은 아직 일이 익숙하지 않은지 나의 티켓을 엉터리로 작성했다. 이름도 국적도 모두 틀렸다. 몇 가지 사항을 다시 수정할 뿐인데도 거의 2~30분이 소요될 정도로 어설프고 느렸다.

대합실에는 몇 개의 낡은 의자만 놓여 있었고, 의자에 앉은 사람 보다 서 있거나 차가운 바닥에 주저앉아 있는 손님들이 더 많았다. 시골의 장터 분위기와 크게 다르지 않았다. 공항이라고는 말할 수 없는 편안한 풍경들, 허술하기 짝이 없는 이곳에서 나는 '사고 없이 이륙을 하고, 목적지까지 안전하게 도착할 수 있을까?'라는 불안에 시달려야 했다. 그런데 갑자기 나의 귀를 의심케 하는 방송이 흘러 나왔다.

"4시간 정도 공항을 폐쇄합니다."

비행기 연착이나 지연이 아닌 폐쇄라니. 테러라도 난 건가? 숨이 턱 막히는 순간이었다. 다급해진 나는 공항 직원에게 그 이유를 따지듯 물었지만, 그는 전혀 문제될 것이 없다는 듯 미소 지으며 대답했다.

"스페인 국왕이 입국해서 공항을 4시간 동안 폐쇄하는 겁니다."

아, 정말 이보다 편안하고 여유 있는 지연 사유가 또 존재할 수 있을까. 자국의 안전을 위해 승객의 모든 수하물을 검사하는 차가운 선진국의 공항과 동네 시골 버스 타듯 편안함이 보장되는 공항. 과연 어떤 곳이 더 안전한 비행을 보장하는 것인지 도무지 확신이

서지 않는다.

비행기 안은 생각만큼 단순하지 않다

비행기 안의 모습은 극히 단순해 보이지만, 생각과 달리 복잡하고 불편한 이면을 숨기고 있다. 얼핏 보기에는 좁고 한정된 공간 안에 여행객과 승무원만으로 구성된 임시조직체가 만들어진 것처럼 보인다. 하지만 이 단조로워 보이는 조직체 내에도 무의식적 계급이 형성된다. 소수만이 앉을 수 있는 1등석과 비즈니스 클래스는 승객의 대다수를 차지하는 이코노미 클래스와 확연히 구분된다. 둘은 비록 얇은 커튼 하나로 나뉘어 있지만 그 커튼은 어떤 장막보다 두껍고 단단하다.

무의식적 계급은 탑승 순서에서부터 마주해야 하는 불편한 진실이다. 1등석과 비즈니스 클래스의 승객들에게는 탑승 우선권이 주어진다. 그들의 우선권은 비행기 밖에서부터 위력을 발휘한다. VIP 공항 라운지. 그리고 클래스마다 차지할 수 있는 기내의 공간 또한 너무나 비현실적이다. 일등석과 비즈니스 클래스의 소수가 점유하는 공간은 그들이 사적으로 모두 지배할 수 없을 정도로 넓다. 두 다리를 뻗고 누워도 그들의 사적 공간은 남는다. 그래서 그들은 앞뒤 사람을 고려하지 않고도 자신만의 영역을 확보할 수 있으며 그 누구의 간섭도 받지 않는다.

하지만 승객의 대다수가 차지하고 있는 이코노미 클래스의 개인적 공간은 너무나도 협소하다. 이들은 자신의 무릎을 펼 수 없다. 뒤로 눕고 싶다는 허황된 욕망을 절대로 가져서도 안 된다. 앞 뒤 사람을 배려해야 하며 옆 사람과의 신체접촉으로 인해 갈등이 생기지 않도록 신경을 곤두세워야 한다. 결국 그들은 자신의 육체에 어울리지 않는 비현실적 공간에 만족해야 하며 불편함에 익숙해져야 한다. 간혹 공유 공간인 통로를 이용할 수 있다는 사실에 감사할 뿐이다. 이렇듯 공간의 차이에서 빚어진 무의식적 계급 차별은 승객들의 눈빛을 통해서도 읽을 수 있다. 1등석과 비즈니스 클래스의 승객들은 타인에게 시선을 주지 않는다. 여유롭고 당당한 또는 권위적이고 냉소적인 눈빛으로 자신의 공간을 지키려고 할 뿐……. 이코노미 클래스의 사람들이 실수로라도 자신의 영역으로 들어오는 것을 용서하지 않겠다는 눈빛을 옆 사람에게 보내는 것과 사뭇 대조를 이룬다.

이코노미 클래스의 사람들은 커튼 너머의 공간으로 갈 수 없다는 절망감, 시기심 혹은 진입의 헛된 욕망으로 자신을 파괴한다. 결국 이들은 자기 안의 오리엔탈리즘으로 파괴된 감정을 회복하려 한다. 자신들보다 외적으로 아름다운 승무원들을 승객이라는 이름으로 지배하려고 하는 것이다. 승무원들이 주인을 모시듯 자신들의 먹거리를 챙겨주고 심부름에 흔쾌히 응하는 것을 통해 희열을 맛보는 것이다.

하지만 이코노미 클래스의 모습은 1등석과 달리 지상에서는 쉽게 접할 수 없는 아름다운 모습이 연출되기도 한다. 비록 좁고 불편한 공간이지만 서로에 대한 배려와 관심은 그 어느 때보다 깊다. 젊은 남자 승객들은 어른들의 짐을 짐칸에 올려주기도 하고, 자신의 자리를 원하는 사람들에게 선뜻 자리를 바꿔주기도 한다. 먹을 것이나 선물을 서로 교환하기도 하며 출입국 카드를 작성할 때는 서로 의논하거나 도와주기도 한다.

"어디까지 가세요?"
옆 좌석에 앉은 중년의 여인이 내게 말을 건넸다.
"리우데자네이루로 갑니다."

"무슨 일로 가세요?"

"배낭여행 갑니다."

나와 그녀는 오랜 친구처럼 비행 내내 사사로운 이야기로 작은 웃음꽃을 피웠다. 그런데 재미교포인 그녀에게서 나는 뜻밖의 선물을 받았다. 내가 가난한 배낭족이라는 사실 때문인지 선뜻 한 뭉치의 돈(나중에 펴보니 50달러라는 거금이었다)과 자신이 사용하던 비행 베개를 내게 건네준 것이다. 그리고 내가 안전하게 갈아탈 수 있도록 환승 게이트까지 데려다주는 친절을 베풀었다. 이코노미 클래스가 아니었다면 나에게 이런 행운이 과연 일어날 수 있었을까?

비행기 안에는 느리게 가는 시간만 존재한다

비행은 우리가 기대했던 것만큼 그렇게 즐겁고 유쾌한 것만은 아니다. 특히 장시간 비행을 하다 보면 이런 생각은 더 확고해진다. 비행에 지친 대부분의 승객들은 옆 사람과의 대화도 멈춘 채 지루함에 몸부림을 치곤 한다. 결국 모든 승객들은 시간을 죽이기 위해 사투를 벌여야 한다. 평상시 우리의 의식은 공간을 변화의 중심에 놓는다. 하지만 시간은 의식의 변두리에서 서성거릴 뿐이다. 다시 말해 시간은 독립적인 어떤 것이기보다는 공간에 의해 생성되고 그 흐름이 인지되는 것으로 간주된다. 특정한 공간은 시간이 확대되어 공간을 가득 채우지만, 어떤 공간에서는 시간의 존재를 전혀 인지할 수 없다.

　하지만 비행기 안에서는 시간과 공간의 위치가 역전된다. 시간이 절대적인 것으로 우리의 인식을 지배하는 반면, 공간은 우리의 의식 밖으로 사라지게 된다. 우리가 공간의 실존을 인식하기 위해서는 다른 공간적 실체가 존재해야 하는데, 비행기가 땅으로부터 분리되어 하늘에 존재하는 순간 비행기의 공간성은 사라진다. 하늘은 비행기의 공간을 인식할 수 있는 배경으로서의 실체적 존재가 될 수 없기 때문이다.

　비행기 안에서의 시간 인식은 아인슈타인의 상대성 이론이 얼마나 훌륭한 것인지를 확인시켜준다. 빠른 속도로 진행하는 물체 속에서의 시간의 속도는 느린 반면 느리게 이동하는 물체 속에서의 시간은 빠르다는 것이 그것이다. 비행기가 빠른 만큼 정말 시간은 느리게만 간다. 몇 번이고 시계를 확인해도 도착할 시간은 다가오지 않는다. 창밖의 존재들을 바라보는 것을 통해 공간의 변화라도 인식한다면 시간의 흐름을 조금이라도 빠르게 유도할 수 있을 것이다. 하지만 비행기에서 볼 수 있는 공간적 대상은 구름들뿐이다. 그것도 지상에서 보았던 비연속적이고 어느 정도의 형상을 갖춘 구름과는 다른 연속적인 구름들뿐이다. 결국 창밖으로 보이는 구름도 공간의 변화에 영향을 미칠 수 없는 존재인 것이다. 플라톤이《티마이오스》에서 말한 것처럼 시간은 수의 법칙에 따라 앞으로 나아가는 영원한 복제물인 동시에 하나의 이미지와 수치에 불과함이 분명

했다. 그렇지 않다면 이렇게 멈춰선 듯 느리게만 가는 시간은 도대체 무엇이라 해야 할까!

우리는 하나의 행성이 되어 지구 주변을 떠돈다

하지만 이런 시간의 느림이 깨지는 경우도 간혹 있다. 비행기와 기류의 충돌 순간이 그렇다. 비가 오고 바람이 심하게 부는 날은 이 충돌의 여파가 더 오랫동안 지속된다. 이때 가난한 배낭족에게 배정된 제일 끝자리, 비행기 꼬리 부분은 놀이 공원의 롤러코스터처럼 심한 구토를 유발시킨다. 승객들의 불안하고 초조한 마음도 비행기와 함께 흔들린다. 루마니아에서 불가리아로 넘어가는 작은 비행기에서 나는 죽음의 공포를 만났다.

"모든 승객은 자리에 앉아주십시오. 그리고 승무원의 지시에 따라 행동해주시기 바랍니다. 지금 비행기가 난기류를 만나 심하게 흔들리고 있습니다."

안내 방송이 끝나기 무섭게 꽝 소리와 함께 선반들이 열리면서 짐들이 폭탄처럼 쏟아져내렸다. 비행기 안은 순식간에 짐들로 인해 아수라장이 되었다. 승객들은 모두들 겁에 질려 아무 말도 못한 채 고개만 숙이고 있었다. 잠시 후 비행기가 '쿵' 하고 무언가에 부딪치는 소리와 함께 아래로 떨어지는 느낌이 들었다. 비행기가 몇 초간 아래로 떨어졌다. 그동안 나의 머리속은 온갖 생각들이 스쳐지나갔

리우데자네이루, 브라질

다.

잠시 후 기장의 안내 방송이 나왔다.

"승객 여러분 죄송합니다. 지금 기류의 흐름이 강하고 변화가 심해서 비행기가 심하게 흔들리고 있습니다. 하지만 안전하게 목적지에 도착할 수 있도록 최선을 다하겠습니다."

안내 방송이 끝난 후에도 비행기는 여전히 흔들렸고, 결국 착륙 직전이 되어서야 안정을 되찾았다. 다섯 시간 동안 나는 아무것도 할 수 없었고, 다시는 비행기를 타고 싶지 않다는 생각까지 들었다. 비행기가 도착하자 60여 명의 승객들은 살았다는 안도감에 일제히 박수를 치며 기장과 승무원들에게 감사의 뜻을 전했다.

하지만 이와 달리 비행기가 이륙 후 곧바로 안정적으로 비행한다면 우리는 작은 유리창으로 멋진 하늘을 감상할 수 있다. 우리의 영혼이 육체의 껍질을 떼어낼 때 가볍게 어디론가 날아오를 수 있듯이 우리는 우리의 껍질인 일상의 세계에서 빠져나와 무한의 세계로 날아오르고 있음을 멀어지는 건물들을 통해 확인할 수 있다. 이 순간부터 우리는 하나의 행성이 되어 지구의 주변을 떠돌기 시작한다. 천상의 꽃, 별이 되어 태양신 라가 하늘의 강가에서 배를 타고 이동했듯이 우리도 그렇게 천상을 여행하는 것이다. 특히 도시의 반짝이는 불빛으로부터 멀어지는 야간 비행의 경우는 나의 비행기가 우주 어디론가 떨어져나가는 별이라는 환상에 빠지게 된다. 이

렇게 비행은 상상할 수 없었던 순간들 속으로 나를 집어넣어 가슴을
설레게 한다.

리우데자네이루, 브라질

하늘, 먼 하늘은 비밀스러워서 언제나 암호화된 메시지조차 우리에게 거의 보내지 않는다. 반면에 사람들은 받은 메시지보다 더 많은 이미지를 하늘에 투영했다. 사람들은 하늘에 상징, 신화, 전설들을 지나치게 부여했다.

— 장 피에르 베르데

내가 가장 좋아하는 신화 중의 하나는 '이카루스의 꿈'이다. 이카루스는 아버지 다이달로스가 만들어준 밀랍 날개를 달고 크레타 섬을 탈출한다. 아버지는 아들에게 너무 높이 날지도 말고 너무 바다에 붙어 날지도 말라고 경고한다. 하지만 이카루스는 처음 경험하는 비상에 심취한 나머지 아버지의 충고를 잊어버리고 태양 가까이 날아오른다. 결국 이카루스의 밀랍 날개는 녹아버리고 그는 바다로 추락하고 만다.

이카루스가 태양을 향해 멋지게 날아오른 것은 인간의 원초적 꿈을 대변해준 것이다. 그 상승 비행이 어떤 결과를 가져오든 간에 우리는 그것에 대한 욕망을 거부할 수 없다. '육체적이고 물리적인 비행'이든 사회적 신분이나 부의 '상승적 비행'이든 우리는 이카루스처럼 날아오르기를 꿈꾼다. 이처럼 인간은 근원적이면서도 참을 수 없는 '상승 비행'의 욕망을 비행기를 통해 간접적으로 실현하고 있는 것이다.

3
기차, 느린 그러나 아름다운

로렐라이, 티티카카 호수, 융프라우

*

인생은 아주 느리게 달리는 완행열차다

인생은 기차다. 그것도 아주 느리게 달리는 완행열차다. 사람들은 저마다 티켓 한 장씩을 얻어들고 자신만의 종착역을 향해 천천히 달려간다. 종착역은 길이 끝나거나 기차가 마지막으로 멈추는 곳이 아니다. 자신의 티켓에 찍혀 있는 곳, 바로 자신이 결정한 곳들이다. 그래서 우리는 커다란 이변이 없는 한 그곳에서 내려야 한다. 하지만 간혹 자신의 종착역을 지나치거나 혹은 못 미쳐 내리는 사람들도 있었다. 그것은 기쁘거나 혹은 슬픈 일이다. 종착역을 지나치거나 먼저 내리는 것은 창밖에 펼쳐진 멋진 풍경에 매료되었거나 앞자리의 승객과 나누고 있는 이야기를 끊고 싶지 않아서였을 것이다. 이것은 자신의 운명적 인생에 가볍게 저항하는 일이다.

　"어디까지 가세요?"

　앞좌석에 앉은 소녀가 자신이 보던 잡지책을 접으며 내게 말을 건넨다.

　"목적지는 없습니다. 그냥 로만틱 가도를 달리면서 라인 강과 고성들을 보고 싶어서요. 아마도 끝까지 간다면 종착역인 퓌센까지 갈 것 같습니다."

　나의 대답에 소녀는 미소를 띠며 말했다.

　"조금만 더 가면 로렐라이 언덕 나오는 거 아시죠? 금방 스쳐 지나가니까 잘 보셔야 할 거예요. 그렇다고 너무 자세히 보지는 마세요. 뱃사공들처럼 라인 강에 빠질지도 몰라요."

　소녀의 농담에 우리는 금방 친구가 되어버렸다.

　"로렐라이 전설은 알고 있죠?"

　그녀가 다시 말을 건넨다. 줄곧 창밖으로 향했던 나의 시선은 이제 그녀의 얼굴만 쳐다보고 있다. 금발의 머리 그리고 언제든 웃음을 한가득 쏟아낼 것 같은 큰 입술, 초콜릿 가루가 살짝 뿌려진 듯한 주근깨 가득한 얼굴.

　"그럼요, 하지만 리자(Lisa)가 알고 있는 전설이 듣고 싶은데, 해줄 수 있어요?"

　그녀는 내가 알아들을 수 있도록 천천히 영어로 이야기를 시작했다. 그러자 옆자리의 사람들도 그녀의 입술에 시선을 모았다.

"로렐라이에게는 사랑하는 연인이 있었어요. 그런데 어느 날 로렐라이와 그 연인은 이별을 하게 되지요. 사랑하는 사람이 멀리 항해를 떠나게 된 거예요. 하지만 시간이 지나도 사랑하는 연인은 돌아오지 않았어요. 그래서 로렐라이는 매일 언덕에 올라가 연인을 기다리게 되지요. 그리고 그곳에서 매일 저녁 금발의 머리카락을 휘날리며 연인을 그리워하는 노래를 부른답니다."

리자의 얘기는 계속 이어진다.

"그런데 너무나 슬프고 아름다운 그녀의 노래에 지나가는 모든 배들이 매혹되어버립니다. 그렇게 그녀를 향해 다가가지만 언덕에 부딪혀 모두 강에 빠져 죽게 됩니다. 그녀의 사랑을 가질 수 있는 사람은 오로지 그녀의 연인뿐이었던 거예요. 그런데 오랜 항해를 끝내고 돌아오던 연인도 역시 그 노래에 매혹되고 맙니다. 결국 연인이 탔던 배도 언덕에 부딪혀 침몰하고 사랑했던 연인도 죽게 됩니다. 그래서 그녀의 노래는 더욱 슬퍼지게 됩니다."

리자의 이야기가 끝날 무렵 로렐라이 언덕이 나타났다. 나는 순간 기차에서 내려야겠다는 생각에 사로잡혔다. 라인 강을 보고 싶었을 뿐인데 로렐라이 언덕을 보는 순간 전설 속의 아름답고 슬픈 여인을 만나고 싶어졌기 때문이다. 나는 무엇에 홀린 듯 전설 속 뱃사공들처럼 로렐라이에 빠져들고 말았다. 나는 황급히 짐을 챙겨 예정에도 없었던 그 역에서 내리고 말았다. 리자도 함께 내렸다.

우리는 걸어서 로렐라이 언덕으로 올라갔다. 내가 아무 생각 없이 이곳에 내린 것은 분명 아직도 로렐라이의 영혼이 살아 있어 나를 유혹했기 때문일 것이다. 그녀의 사랑과 아픔이 하이네의 시 속에서 영원히 남아 있는 것처럼 말이다.

가슴 저며 드는 까닭이야
내 어이 알리오
예부터 전해 오는 옛이야기
그 이야기에 가슴이 젖네
저무는 황혼 바람은 차고,
흐르는 라인 강은 고요하고,
저녁놀에 불타는 산정(山頂)

저기 바위 위에 신비롭게
곱디고운 아가씨가 앉아 있네
황금빛 노리개가 반짝이는데
금발의 머리카락 빗고 있네

황금 비녀로 머리를 다듬으며
함께 부르는 노랫소리
노래는 신비로워

사공의 마음을 사로잡네

걷잡을 수 없는 슬픔으로

넋을 잃은 뱃사공

뱃길 막는 암초는 보지 못하고

언덕 위만 바라보네

끝내 사공과 그 배는

물결에 휩싸였으니

로렐라이의 옛 이야기는

노래의 요술

— 하이네, 〈로렐라이〉

기차는 여행자들을 자유롭게 만든다. 깊게 깔리는 중저음의 기차소리는 혼잡했던 마음을 가라앉히고 내리고 싶은 곳에 내리라고 말한다. 여행은 인생의 가벼운 일탈이며 즐거운 저항이라며 덜컹거리는 의자가 나를 흔든다. 창밖의 풍경들도 자신이 정한 종착역은 자신이 바꿀 수 있으며 종착역이 아닌 낯선 곳에 내리는 것에 두려워할 필요는 없다고 속삭인다. 눈길이 가는 곳에, 영혼이 흔들리는 곳에 내릴 수 있는 것이 기차이자 인생이 아닐까.

기차는 정해진 선로 위를 달리지만 우리는 그 길 위에 있지 않다. 기차를 탄 우리의 영혼은 새처럼 자유롭다. 어떤 구름과 비바람도 새의 비상을 막을 수 없듯이 티켓이나 일정표가 우리의 영혼을 구속할 수는 없다. 로렐라이의 슬프고 아름다운 사랑 이야기가 나를 불쑥 붙잡을 수 있었던 것처럼 나는 기차가 보여주는 모든 것에 내 몸을 맡길 뿐이다.

산다는 건 때론 술에 취한 듯 침묵해야 하는 것

나는 지금 안데스 산맥 위의 고원에 펼쳐진 티티카카 호수를 향해 달려가는 기차에 앉아 있다. 이 기차는 고산지대를 한 번도 쉬지 않고 열세 시간을 달려 천상의 호수에 도착하게 된다. 기차는 티티카카 호수의 빛깔을 담아낸 듯한 푸른색이고, 이제는 사라진 우리나라의 비둘기호 정도로 낡고 오래되었다. 퍼스트 클래스와 비즈니스 클래스는 대부분 관광객들 차지다. 하지만 삼등칸은 가난한 배낭족이나 티티카카 호수에 사는 잉카제국의 후손, 원주민들로 가득 메워진다. 나는 꿰다놓은 보릿자루처럼 삼등칸의 구석진 자리에 앉았다. 원주민들의 호기심 어린 시선과 나의 미소가 햇살 속에서 반짝인다.

우리의 인생이 고달프고 지루한 일상에 몸부림치는 것처럼 삼등칸은 언제나 피곤한 얼굴을 하고 있다. 삼등칸에서는 차창 밖의 어떤 아름다운 풍경도 보이지 않는다. 원주민들의 그을린 얼굴과 굵게 갈라진 손등, 그리고 그들의 낡고 찌든 외투에 시선을 빼앗길

뿐이다. 아버지는 누더기 같은 짐보따리에서 삶은 감자를 꺼내고, 엄마는 큰 가슴을 드러낸 채 배고픈 아이에게 젖을 먹인다. 이 순간 여행객이라는 나의 위치가 불편하다. 어쩔수없이 고개를 돌려 창밖의 풍경에 시선을 던진다. 그러나 이미 눈 속에 박혀버린 그들의 잔상 때문에 창밖의 풍경이 더이상 눈에 들어오지 않는다.

나는 인도와 중국의 삼등칸 기차에서도 똑같은 모습을 보았다. 찢어지고 때 묻은 의자, 닫히지 않는 창문, 퀴퀴한 냄새, 코를 골며 잠들어버린 늙은 남자, 시장처럼 시끄럽거나 혹은 무거운 침묵이 지배하는 곳. 삼등칸은 결코 달콤할 수 없는 그들의 인생과 너무나 닮

로렐라이, 티티카카 호수, 융프라우

아 있었다. 가난하고 고달픈 이들의 여정, 그것은 분명 여행과 다르다. 그들의 삶은 정해진 선로처럼 거부할 수 없는 길을 갈 뿐이며, 낡고 무거운 짐을 벗을 수도 없어 보였다. 똑같은 한 장의 티켓이지만 몸을 편안히 기대기에는 너무나 비좁은 좌석과 혹은 그마저도 얻지 못한 입석의 삶은 고단하다. 이런 삼등칸의 모습은 시인 곽재구의 눈에 비친 모습 그대로다.

산다는 것은 때론 술에 취한 듯
한 두름의 굴비 한 광주리의 사과를

만지작거리며 귀향하는 기분으로

침묵해야 한다는 것을

모두들 알고 있다.

— 곽재구, 〈사평역에서〉 중에서

마치 그 아름다운 풍경들이 순간에만 존재하는 것 같았다

기차는 즐거운 감정을 끌어올리는 것 못지않게 바깥의 멋진 풍경도 만들어낸다. 그림이나 상상 속에서만 만날 수 있었던 모습들이 차창 밖으로 펼쳐질 땐 나도 모르게 소리를 지르곤 한다. 신기한 것을 본 아이가 감탄사를 무의식적으로 쏟아내는 것처럼 말이다.

스위스 인터라켄 동역에서 출발하여 알프스의 지붕으로 향하는 융프라우 등산기차 속에서 나는 결국 어린아이가 되어버리고 말았다. 천천히 산을 타고 오르는 노란 기차의 차창 너머로 동화 속 모습들이 펼쳐지고 있었기 때문이다. 짙푸른 보리밭이 바람과 춤을 추고, 한가롭게 풀을 뜯고 있는 소 떼들, 그리고 그 사이에 조용히 내려앉은 그림 같은 보라색 집들이 나의 감탄사마저 초라하게 만들었다. 노란 들꽃들이 소녀의 치마처럼 나풀거리며 나의 마음을 흔든다. 창문을 올리자 투명하고 푸른 바람이 나의 핏줄을 타고 온몸으로 퍼져간다. 시원한 계곡 물이 나의 목과 핏줄을 타고 내려가 온몸을 시원한 폭포로 만들어버렸다. 아! 그 어떤 엽서 속 풍경이 이처럼

로렐라이, 티티카카 호수, 융프라우

아름다울 수 있을까?

이런 풍경이 더 아름답게 보이는 것은 나의 늙은 감정을 동심으로 되돌려놓은 노란 기차 때문이다. 장난감 같이 작고 귀여운 몸집, 하늘의 구름을 그대로 담아내는 유리 천장, 짧고 경쾌한 경적소리의 꼬마 기차. 백발이 성성한 노부부도 기차 앞에서 소풍 나온 아이처럼 즐겁게 노래를 부른다. 꼬마 기차는 승객들에게 시시각각 변하는 알프스의 그림들을 차창 너머로 보여주고 있다. 조금 전의 창가는 들꽃이 노랗게 핀 봄이었다. 그런데 몇 분이 지난 지금의 창가는 온 세상이 하얀 겨울이다.

"마치 그 아름다운 풍경들이 순간에만 존재하는 것 같았다."

— 괴테

괴테가 스위스 기차 여행을 마친 후 에커만에게 한 말을 이해할 수 있을 것 같다. 그리고 그 순간 마광수 교수의 시처럼 이렇게 아름다운 기차를 타고 있는 나를 누군가에게 막 소리쳐 자랑하고 싶어졌다. 하지만 빠르게 달리는 기차에서는 이런 풍경에 빠져들기 어렵다. 차창 너 풍경들은 나를 기다려주지 않고 그냥 지나갈 뿐이기 때문이다. 아무런 관계성을 갖지 않는 타인들이 한 공간에 존재해도 서로를 볼 수 없는 것처럼 차창 밖의 풍경도 빠르게 지나가면 객관적 타자로 떨어져 나가 의미 없이 존재하게 된다. 이럴 때 바깥 풍

경들은 그저 이름 없는 사물이나 이발소의 액자에 걸린 사진 정도에
지나지 않게 된다.

"들가에 핀 꽃들은 더이상 꽃이 아니라 그저 색깔의 얼룩들일 뿐입니
다. 아니 오히려 그보다는 그저 빨갛고 흰 줄무늬들일 뿐이지요. 점
이라고는 없고 모든 것은 선이 되어버립니다."
— 빅토르 위고

빅토르 위고는 상당한 속도로 달려가는 기차에서는 차창 밖의

사물이 오히려 그 본성을 잃어버린 채 의미 없이 우리에게 인식될
뿐이라고 말하고 있다. 속도가 빨라지는 순간, 풍경들은 즐거운 감
상 물이 아닌 왜곡된 형태로 우리에게 다가오는 무의미한 어떤 것
이 될 뿐이다. 하지만 속도를 버린 기차에서는 창밖으로 보이는 모
든 것들과 교감할 수 있다. 천천히 숲 속을 걸으면 아주 작은 들꽃에
게도 말을 걸 수 있는 것처럼 말이다. 그래서 진정한 여행은 속도를
잃어버리는 순간 시작된다. 속도의 중압감에서 벗어나면 숨어 있던
사소한 것들의 아름다운 목소리가 들린다. 그것들은 우리에게 말을
걸고, 우리의 여행은 그들로 인해 길어진다.

닭죽, 그 따뜻함에 관하여 — 촐리스탄, 파키스탄
라면, 그 친밀함에 관하여 — 카투만두, 네팔

7부

음식,
그 관계에 관하여

1
닭죽, 그 따뜻함에 관하여

촐리스탄, 파키스탄

*

모든 선한 것의 시작과 끝은 배의 쾌락이다

낯선 사람과의 거리감을 우리는 어떻게 좁혀갈 수 있을까? 그것
도 한 번도 본 적 없는 외국인 혹은 이성이라면. 여행을 하는 동안
우리는 이런 상황을 자주 맞닥뜨리게 된다. 그럴 때마다 나는 가벼
운 군것질거리를 상대에게 건넨다. 과일이나 음료수 혹은 과자 같
은 것들이다. 사람들에게 군것질거리를 건네는 순간 그들과 나 사
이를 흐르던 경계심이나 낯섦은 봄날의 눈 녹듯 사라지게 된다. 비
록 작은 음식이지만 그것은 굳게 닫혀 있던 마음의 빗장을 여는 열
쇠가 되는 것이다. 이때 건네진 군것질거리는 어떤 초콜릿보다도
달콤하다. 혀의 감각적 달콤함이 아닌 정신과 마음의 달콤함이다.

보잘것없어 보이는 그 음식에는 상대방에 대한 호의적 관심과 소통의 욕망이 담겨 있기 때문이다.

파키스탄에 머문 지 4일째. 매일 40도를 넘는 더위에 도시는 하루 종일 부글부글 끓고 있다. 나는 더위를 먹었는지 축 늘어진 팔과 다리가 귀찮기만 하다. 온몸에서 분수처럼 쏟아져나오는 땀들이 나의 기력을 앗아간다. 민박집 주인이 지나가듯 나에게 말을 건넨다.

"너무 힘들어 보입니다. 오늘은 조금 쉬어야 할 것 같은데요. 무리하게 돌아다니다 병 나는 사람 여럿 봤습니다."

민박집 주인아저씨의 말에 나는 배낭을 풀고 그 자리에 주저앉았다. 정말 강행군을 했다가는 말도 제대로 통하지 않는 낯선 땅에서 큰 병을 얻을 것 같은 두려움이 엄습했기 때문이다.

"감사합니다, 아저씨."

인사를 하고 나는 식당으로 향했다. 내가 가는 식당은 파키스탄에 도착하면서부터 지금까지 아침과 저녁을 매일 먹은 곳이다. 내가 이곳을 매일 찾는 이유는 음식이 맛있어서가 아니다. 그렇다고 깨끗해서는 더욱 아니다. 2인용 테이블 세 개가 전부인 아주 작은, 여기 저기 주방과 바닥에 쥐들이 먹을거리를 찾아서 손님들의 발 사이를 휘젓고 다니는 지저분하기 그지없는 식당이다. 하지만 이곳 음식은 아랍적이지 않고, 향신료가 적게 들어가 나의 입맛에 맞았기 때문이다.

"한국 친구, 또 왔네."

주방장 바차니가 반갑게 맞아준다.

"안녕, 바차니. 내가 몸이 안 좋거든. 힘을 낼 수 있는 음식 없을까?"

그러자 바차니는 한참을 고민하더니 메뉴에도 없는 닭죽을 끓여주겠다고 한다.

"고마워, 바차니. 부탁해."

나는 바차니의 정성에 감동했지만 음식은 크게 기대하지 않았다. 분명 파키스탄의 닭죽과 평소 한국에서 먹던 것과는 분명히 다를 테니 말이다. 그래도 사흘 동안 향신료 짙은 음식과 무미건조한 난만 먹다가 뜻하지 않은 닭죽이라는 소리에 원기가 절로 회복되는 듯 했다. 닭죽은 감기를 앓고 난 후이거나 몸이 많이 지쳐 있었을 때 엄마가 몸보신으로 해주시던 귀한 음식이다. 그 음식을 낯선 땅에서 아무런 상관도 없는 타인에게서 얻어먹는다는 사실이 믿기지 않는다. 주방장과 나는 닭죽을 통해 사흘간의 침묵과 무관심, 식당 주인과 식객이라는 관계를 깨버릴 수 있었다. 닭죽은 나의 예상과 달리 주방장의 마음씨만큼이나 맛있었다. 푹 삶아진 닭과 찰진 밥알이 엄마의 닭죽과 흡사했다. 나는 땀을 비 오듯 쏟아가며 단숨에 닭죽을 비워버렸다. 그 모습을 보고 있던 바차니는 그저 웃기만 했다.

고대 그리스의 에피쿠로스 학파는 행운 혹은 불운을 이렇게 정의했다.

　"모든 선한 것의 시작과 끝은 배의 쾌락이다. 현명하고 정선된 모든 것은 배와 연관되어 있다."

　이 말은 요리 기술과 먹고 마시는 행위에서 비롯되는 기쁨을 용인하지 않았던 플라톤주의자들에게 뭇매를 맞았다. 하지만 에피쿠로스는 쾌락과 즐거움의 감정은 육체적이거나 정신적인 공허함이 채워지는 순간에 생긴다고 말하면서 정신적 음식이 더 실재적이고 가치 있다고 주장하는 플라톤주의자들에게 맞섰다. 더불어 그는 현자들에게 있어 배고픔을 충족시키는 일은 육체의 영화 속에서 두려움과 공포가 없는 정신적 삶을 맛보기 위한 전제조건임을 강조했다. 그의 음식과 쾌락에 대한 견해는 아이러니하게도 플라톤의 스승인 소크라테스에게서 지지의 힘을 얻었다. 즉, 소크라테스는《대윤리학》이라는 책에서 즐거움의 대가로 요리사를 예로 든다. 그러면서 요리와 음식이 주는 즐거움은 모든 행위에 강한 추진력을 주는 것이라고 역설했다. 동시에 그런 즐거움을 가지고 행동하는 사람들은 강요에 의해 행동하는 사람보다 더 능동적이고 생산적이라고 말했다.

초콜릿, 그 맛의 쾌락은 사랑을 만든다

나 역시 에피쿠로스와 소크라테스의 주장에 절대적으로 공감한다. 나는 파키스탄 여행에서 허기진 육신으로 인해 정신도 말라가고 있었다. 하지만 바차니의 닭죽이 나의 죽어가던 육체를 생기 있게 되살려주었고, 정신도 유쾌하게 바꿔주었다. 나의 정신을 갉아먹던 우울함과 두려움이 닭죽의 달콤함과 포만감 앞에 자취를 감춰버린 것이다. 달콤한 음식이란 그 속에 담긴 요리사의 진정성으로 인해 타인과의 사랑을 더 원활하게 그리고 깊게 만들어준다. 정성이 담긴 음식은 주객 또는 상하의 관계 그리고 대립의 이원성을 뛰어넘어 수평적이면서도 일체론적인 관계 속으로 우리를 안내한다.

"딸에게 음악 선생으로부터 수업을 받게 하는 것과 마찬가지로 요리사로부터 수업을 받게 하는 것도 권할 만하다."

— 임마누엘 칸트

임마누엘 칸트는 음악 선생과 요리사를 같은 수준으로 놓았다. 그 이유는 그도 미래의 남편이 일에서 돌아왔을 때 음악은 없지만 맛있는 요리를 대접하는 것이, 음악이 들리는 가운데 맛없는 음식을 내놓는 것보다 더 많은 존중과 사랑을 주고받을 수 있는 것이라고 생각했기 때문이다. 이렇게 본다면 나에게 바차니는 작은 식당

촐리스탄, 파키스탄

의 주방장이 아닌 그 이상의 존재인 것이다. 즉 그는 낯선 곳에서 내가 발견하고자 했던 나를 넘어서든 그 무엇임에 틀림없어 보인다. 나는 감사의 마음으로 바차니에게 한국에서 가져온 라면 세 봉지를 선물했다. 팁을 주거나 더 많은 음식을 그의 식당에서 먹을 수도 있었다. 하지만 그것은 바차니의 진정성을 외면하는 것이라고 생각했다. 그래서 나는 내가 가진 것 중에서 가장 값진 것을 주기로 결정했다. 바로 라면이었다.

장기 배낭족들에게 라면은 입맛을 잃었을 때, 타국의 음식이 입에 맞지 않을 때 절대적으로 필요한 비상식량이다. 그래서 라면은 장기 배낭족의 필수품이자 가장 중요한 자산의 하나인 것이다.

영화 〈초콜릿〉에서 주인공 비안느의 초콜릿은 종교적 규율과 서로 간의 소통 부재로 굳어 있던 마을을 춤추게 만든다. 자유로운 삶에 대한 마을 사람들의 욕망은 종교적 관습과 타인의 감시적 시선에 갇혀 있었다. 하지만 비안느의 초콜릿은 사순절이라는 종교적 금식과 마을 주민들이 의도적으로 외면했던 많은 문제들에 대한 저항이자 변화의 신호탄이 되었다. 초콜릿은 비안느를 차갑게 외면했던 마을 사람들을 따뜻하게 만들었고 대화의 문도 열어주었다. 특히 남편에게 매를 맞으면서도 그런 자신의 삶이 당연한 것이라 인정했던 조세핀은 비안느와의 대화를 통해, 그리고 초콜릿을 함께 만들면서, 그런 자신의 삶에 당당하게 맞설 수 있는 힘을 얻게 된다. 결국 소크라테스의 말처럼 마을 사람들은 초콜릿이 주는 미각적 쾌락을 통해 자신의 삶을 변화시킬 수 있는 용기를 가지게 된 것이다. 비안느 역시 집시로서의 삶과 신분의 구속으로부터 자신을 해방시킨다. 나에겐 바차니의 닭죽이 비안느의 초콜릿이었다.

2
라면, 그 친밀함에 관하여

카투만두, 네팔

*
타인이란 없다

"타인이란 없다. 아직 만나보지 못한 친구가 있을 뿐이다. 대담하게 말을 걸어보는 역할을 맡아보라. 반드시 통하는 점이 있을 것이다."

— 버논 하워드

버논 하워드의 말처럼 분명 타인이란 없다. 아직 말을 걸어보지 못한 타인으로 남겨진 친구 또는 타인으로부터 외면 받고 있는 '나'가 존재할 뿐이다. 히말라야에 오르기 위해 오두막에서 묵을 때 일이다. 그곳은 각국의 배낭족들이 히말라야 트레킹을 하기 전 휴식을 취하는 베이스캠프 같은 곳이다. 통나무로 지어진 오두막 6동 정도가 히말라야 산자락 밑에 조용히 안겨 있다. 그리고 통나무집들 사이에는 공동으로 취사할 수 있는 시설들이 야외에 조그맣게 놓여 있다. 나는 예약을 하지 않은 터라 대기자 명단에 이름을 올려놓고 마냥 기다리고 있었다. 두 시간이 지날 무렵 직원이 내게 말을 걸어 왔다.

"자네, 운이 참 좋네. 여간해서 이곳은 자리가 나지 않는데 말이 야. 몇 달 동안 대기자 중에 자네처럼 방을 얻은 사람은 없었거든."

나는 복권이라도 당첨된 사람처럼 펄쩍펄쩍 뛰었다. 왜냐하면 이곳은 청정지역이라 식당이나 호텔 같은 숙소가 없어서 만일 오늘 이곳에서 묵지 못한다면 내일 히말라야 트래킹을 할 수 없기 때문이 다.

방에 들어서자 외국인 배낭족들이 반갑게 나를 맞아주었다. 하 지만 이내 두려움이 밀려왔다. '이들 사이에서 어떻게 하룻밤을 보 내지? 낯선 친구들과의 서먹한 사이를 어떻게 풀어야 할지 막막했 다. 그때 떠오른 것이 음식이다. 음식은 세계 공통어가 될 수 있을 것이라는 믿음으로 나는 그들에게 먼저 제안했다.

"친구들, 저녁 같이 먹는 것 어때?"

"오, 좋은 생각이야."

"너희들 아직 한국 음식 먹어본 적 없지?"

"와우!"

모두들 한국 음식을 맛볼 수 있다는 기대감에 부풀었고, 우리는 각자의 요리를 위해 야외 취사실로 향했다.

밥을 함께 먹는 행위는 우리가 생각하는 것 이상의 의미가 담겨 있다. 그래서 우리는 가족, 친구, 연인이 아니라면 밥을 함께 먹지 않는다. 하지만 때로는 낯선 누군가와 밥을 함께 먹고 싶다는 욕망이 생기기도 한다. 그것은 나를 향하던 감정의 방향성이 외부로 전환되는 즐거운 일이다. 사실 나만의 감정이라는 것은 존재하지 않는다. 그 감정은 감정을 일으킨 타인의 것이며 따라서 그에게 되돌려주고픈 것이 인간의 본능이다. 즉 내 감정의 주인은 내가 아닌 타인이다. 하지만 타인은 그것이 자신의 것인지 확인할 길이 없다. 그래서 밥이라는 매개체를 통해 그 감정의 주인을 확인하고 동시에 타인에게서 나의 감정을 되돌려받기도 하는 것이다. 이처럼 밥을 함께 먹는 행위는 가장 깊은 교감의 방식이다.

나는 외국 친구들에게 '고추장된장찌개'와 '라면'을 선보이기로 했다. 고추장만으로 찌개를 끓인다면 그들에게는 너무 매운 음식이 될 것이며, 순수한 된장찌개는 그 특유의 냄새로 인해 그들의 후각과 어울릴 수 없음이 명백했다. 그래서 내가 선택한 건 그 둘을 적절히 조합한 고추장된장찌개였다. 그리고 라면을 택한 이유는 매콤한 스프의 맛이 충분히 그들의 입맛을 사로잡을 수 있을 것이라 확신했고, 면은 그들의 다양한 누들 음식과도 어울릴 수 있다고 생각했기 때문이다. 긴 여행 중의 나에게도 이런 음식은 진수성찬이다. 거기에 쌀밥과 김까지. 이에 반해 외국 친구들이 준비한 음식은 단출했다. 달걀 프라이와 토스트, 그리고 버터와 잼이 전부였다.

외국 친구들은 낯선 한국 음식에 선뜻 용기가 나지 않는지 주저하고 있었다. 하지만 나의 권유와 재촉에 프랑스 친구인 프랭크는 울며 겨자 먹기로 먼저 라면을 먹었다. 그러자 그는 입에서 불이 난 것처럼 "핫! 핫!(매워, 매워)"을 외쳤다. 하지만 곧 무언가 미묘한 맛에 끌렸는지 다시 면발을 건져올렸다. 그리고는 "굿! 원더풀!"을 연신 외쳤다. 그러자 나머지 친구들도 그 맛이 궁금했는지 라면을 먹기 시작했고 순식간에 라면 냄비는 바닥을 드러냈다. 고추장된장찌개도 마찬가지였다. 처음 접한 매콤하면서도 깊은 맛에 그들은 매료되었다. 그렇게 우리는 즐거운 식사를 할 수 있었고, 음식에 관한 이야기로 오랜 시간을 함께 할 수 있었다. 대단한 만찬은 아니었지만 함께 먹은 밥을 통해 그들과 나는 죽마고우처럼 가까워지게 되었다. 결국 나는 유창한 말솜씨가 아닌 소박한 음식으로 그들과 소통할 수 있는 코드를 찾은 것이다. 타인을 향한 감정들이 진정성을 담고 있을 때 그것은 말이 아닌 음식과 같은 매체를 통해 더 효과적으로 전달될 수 있다는 것을 알게 되었다.

우리가 이렇게 함께 밥을 먹는다는 것, 그것이 바로 인연이다

리안 감독의 영화 〈음식남녀(飮食男女)〉에서 고급호텔 주방장인

라오주는 대화가 단절되고 미움의 골이 깊은 가족들에게 저녁 만찬을 준비한다. 그리고 그것을 통해 잃어버린 가족의 사랑을 되찾고자 한다. 라오주는 그 기쁨의 순간을 이렇게 표현했다.

"우리가 이렇게 함께 밥을 먹는다는 것, 그것이 바로 인연이다."

여행을 하는 동안 우리는 외로움에서 벗어날 수 없다. 특히 옆자리나 앞자리에 앉아 있는 여행객과 아무런 말도 없이 몇 시간을 함께 달려야 할 때, 혹은 여러 명이 함께 사용해야 하는 숙소에서 혼자 밥을 먹어야 할 때 우리의 외로움은 더 깊어진다. 하지만 작은 음식이라도 함께 나누어 먹는다면, 우리는 음식 너머에 숨어 있던 관계의 기쁨을 맛볼 수 있을 것이다.

"요리는 아첨의 한 형태이다. 해롭고 기만적이고 비열하며 천한 행위이다. 모양과 색깔을 바꾸어 보기 싫은 것을 없애고, 아름답게 꾸며서 사람의 눈을 속이는 일이다."

― 플라톤, 《고르기아스》 중에서

하지만 이제 우리는 플라톤에게 말할 수 있다. 음식의 이데아는 소통이라는 사실을 알지 못하는 당신은 영원히 고독에서 벗어날 수 없을 것이며 음식과 함께 오는 타인이라는 기쁨을 맛볼 수 없을 것이라고.

8부

여행,

그 철학에 관하여

1
떠남, 그 떨림에 관하여

이과수 폭포, 아르헨티나

＊

저 무지의 변덕쟁이, 무한한 쾌락을!

"나, 내년에 페루 갈 거야. 마추픽추에 가서 태양신을 만날 거거든."

무심코 내뱉은 이 말이 어느덧 내 가슴 속 심장을 뛰게 만들었다. 페루에 가야 할, 태양신을 만나야 할 어떤 이유도 내게는 존재하지 않았다. 그런데도 나는 무언가에 홀린 사람처럼 페루 병을 앓고 있었다. 나는 매일 밤 마추픽추 정상에서 잉카인과 춤을 추거나 나스카의 콘도라 그림을 타고 사막 위를 나는 꿈을 꾸었다. 이처럼 나에게 여행은 환절기마다 찾아오는 감기였다. 그것도 몇 날 밤을 끙끙 앓아야 하는 지독한 감기였다.

내 여행의 시작점에는 설렘이나 강한 목적이 앞서 있지 않았다. 가고 싶은 곳과 나와의 운명적 관계성 또한 존재하지 않았다. 단지 낯선 곳에 대한 무의식적 욕망이 나를 유혹할 뿐이었다. 하지만 이상하게도 그곳과의 거리감이 멀게 느껴지면 질수록 나는 오히려 그곳을 더욱 갈망하곤 했다. 심연 속 떨림이 나를 그곳으로 이끈 것이다. 아마도 그것은 그곳을 통해 내가 꿈꾸는 이상향이 잠깐일지라도 실현될 수 있을 것 같은 착각의 늪에 빠졌기 때문이리라. 그곳엔 분명 내가 꿈꾼 환상의 세계는 존재하지 않는다. 단지, 그곳에는 지금 그리고 이곳과 다른, 나의 무의식적 욕망이 만들어낸 특별한 혹은 특별해 보이는 시간과 공간이 존재할 뿐이다. 결국 나는 나의 무의식적 욕망에 이끌려 실재하지 않는 그곳, 심연이 그려낸 낯선 시간 속으로 그렇게 떠났던 것이다. 보들레르가 여행자들의 욕망을 날아가는 풍선과 구름에 비유했듯이, 그렇게 나는 모든 것으로부터 가볍게 혹은 소리 없이 빠져나가곤 했다.

　　어느 날 아침 우리는 떠난다, 열정에 찬 머리!
　　원한과 쓰라린 욕망으로 서글픈 마음을 하고
　　그리고 우리는 간다, 선율적인 물결을 따라
　　끝없는 바다 위에 우리는 무한한 마음을 흔들어주며
　　어떤 사람은 소란스런 조수 빠져나감을 기뻐하고
　　어떤 사람은 끔찍스러운 요람에서, 또 어떤 사람은

여자의 눈에 빠진 점성가들은, 위험한 향기 품은

폭군 같은 시세르에서 달아남을 즐거워한다

(……)

그들의 욕망은 구름의 형태를 하고

대포를 갈망하는 신병처럼 꿈꾼다.

인간 정신이 일찍이 그 이름 알지 못한

저 미지의 변덕쟁이, 무한한 쾌락을!

— 보들레르, 《악의 꽃》 중 〈여행〉

어떤 추상의 다른 이름, 여행

장국영 주연의 영화 〈해피 투게더〉를 보면, 두 주인공은 아르헨티나의 이과수 폭포 사진을 보고 무작정 부에노스아이레스로 여행을 떠난다. 하지만 그들은 이과수 폭포에 도착하지 못하고 길을 잃어버린다. 그리고 사랑도 잃는다. 그들은 다시 만났지만 서로에게 상처의 가시만 키워갈 뿐, 예전의 사랑을 되찾지는 못한다. 하지만 그들은 이별을 말하지 않는다. 함께 떠나온 이유, 이과수 폭포가 여전히 그들의 영혼을 이어주고 있었기 때문이다. 하지만 주인공 아휘에게서 떠나간 사랑은 이과수 폭포도 함께 가져가버렸다. 홀로 찾은 이과수 폭포 앞에서 그가 본 건 단지 성난 물줄기의 몸부림이었기 때문이다.

"이과수 폭포에 도착하니 보영 생각이 났다. 슬펐다.

폭포 아래 둘이 있는 장면만 상상해왔기 때문이다."

이렇게 이과수 폭포는 그들의 사랑이 만든 환상의 공간일 뿐이었다. 하지만 그것은 그들의 아픔을 위로할 수 있었던 유일한 진통제였다. 그들이 함께 가고 싶었던 이과수, 그곳이 그들의 무의식 속에서 흐르고 있지 않았다면 그들은 죽음의 끝에서 방황했을 것이다. 송기원의 소설에서도 등장인물들이 떠나고자 했던 '인도'는 하나의 무의식적 환상의 산물에 불과했다.

"도대체 예수에게 인도는 무슨 의미였을까요?"

"바로 그 점이오. 예수에게 인도는 고유명사가 아니라 일종의 추상명사일 수도 있을 거요. 예수에게 인도란 지구상에 실제로 존재하는 지명이 아니라 자신이 찾아 헤매는 어떤 추상의 다른 이름이었을 수도있다는 거요. 그렇게 인도가 추상일 수 있다면, 선생도 지금 예수처럼 인도를 찾아 나선 것이 아니겠소?"

— 송기원, 《인도로 간 예수》중에서

나 역시 인도, 남미, 유럽, 중앙아시아 대륙을 떠나기 전 수많은 관계의 끈에 묶여 허우적거렸다. 그리고 관계의 끈에서 잠시나마 벗어나기 위해서는 살 떨리는 용기가 필요했다. 지금 떠난다면 내가 하고 있는 일이 사라지지는 않을까? 내가 가진 것들을 모두 잃어버리지는 않을까? 살아서 돌아오기는 할 수 있을까? 그런 두려움 속에서도 나의 발걸음은 언제나 낯선 곳을 향해 걷고 있었다. 무의식적 떠남의 갈망이 현실적 결과에 대한 두려움을 외면해버린 것이다.

이건 현실과의 싸움에서 이긴 것이 아니다. 분명 외면한 것이다. 떠남을 갈망하면서도, 일탈을 꿈꾸면서도 잠시 외면했던 현실이 돌아온 나를 변함없이 반겨줄 것이라는 착각에 기댄 것일 뿐. 하지만 남에게 들킬 새라 주머니에 꼬깃꼬깃 숨겨두었던 두려움은 내 여행의 든든한 동반자였다고 고백하고 싶다. 카뮈가 말했듯, 오히려 두려움이 나의 여행을 가능케 했는지도 모르겠다.

> 여행을 귀중한 것으로 만드는 건 바로 두려움이 있기 때문이다. 여행은 우리들의 마음속에 있던 일종의 내면적 무대장치를 부숴버리는 것이다. 더이상 속임수를 써볼 수가 없다. 사무실과 작업장에서 일하며 보내는 시간들 뒤에 숨어서 가면을 쓰고 지내는 짓은 더이상 할 수 없게 되는 것이다. (......) 여행은 이 같은 피난처를 우리에게서 빼앗아가고 만 것이다. 우리의 가족 친지와 우리의 언어로부터 멀리 떨어져서, 우리에게 의지가 되는 모든 것을 빼앗기고 우리의 가면도 벗겨버린 채 우리는 완전히 우리 자신의 표면 위로 노출되는 것이다.
>
> ─ 알베르 카뮈, 《안과 겉》 중에서

여행의 반대편엔 작은 떨림이 있다

종로 뒷골목, 낡은 오피스텔 1103호.

"저기요, 인도를 가려고 하는데요."

"언제요? 혼자서요?"

"네, 혼자서 다음 달에요."

더부룩한 수염을 한 남자 직원은 어이가 없다는 듯한 얼굴로 나를 쳐다본다.

"지금 인도는 여름이고 기온은 평균 섭씨 40돕니다. 게다가 혼자시라니, 무립니다."

이 말을 끝으로 남자 직원은 나를 마치 들녘에 세워놓은 허수아비인 양 관심을 보이지 않는다. 아니, 귀찮다는 듯이, 일을 방해하지 말라는 듯이, 다른 곳에 급하게 전화를 걸어댄다.

"죄송하지만, 그러면 비행기 표만 구해주시면 안될까요?"

나의 여행은 이렇게 무계획적이고 충동적이며 무모하기까지 했다. 주위 사람들은 걱정스러워하면서도 비아냥거리는 말투로 나의 여행에 모욕을 주기도 했다. 나의 여행은 그렇게 누구에게 공감을 얻기 위한 의식적 행위일 수는 없었다. 그것은 그저 고독의 다른 이름일 뿐이었다. 그저 서툴고 촌스러운 무의식적 욕망과 충동 그리고 그것이 불러낸 고독이 내 여행의 시작이자 전부였다.

하지만 그 여행의 반대편에는 작은 떨림이 존재했다. 비록 짧지

이과수 폭포, 아르헨티나

만 극도로 쾌락적인 그 떨림의 순간은 비행기를 타기 직전 느닷없이 찾아왔다. 무거운 배낭을 멘 채 비행기 탑승권을 들고 줄을 서 있는 순간, 그 미세한 손 떨림과 조금 빨라진 심장의 박동이 그것이다. 그 떨림은 낯선 곳에 던져지는 고독한 존재들에게만 고개를 살짝 내밀 며 찾아오는 모순의 감정이다. 두려움 속 기분 좋은 떨림이라니. 그

렇게 이 떨림은 낯선 곳이 내게 말을 걸어오는 순간이면 어김없이
나의 가슴을 두드렸다.

프로이트가 말한 것처럼 무의식은 의식의 주인이다. 무의식은
언제든 의식과 싸워 이길 수 있는 잠재력을 가지고 있다. 하지만 우
리는 늘 의식에 지배되어 고통스럽게 살아간다. 무의식이 의식의
주인이라는 것을 확인할 수 있는 방법 중 하나는 홀로 낯선 곳으로
떠나는 것이다. 낯선 사람들을 만나고 낯선 시간들 속에서 방황하
면서 무의식의 충동에 나를 맡긴 채 일탈의 두려움과 쾌락의 떨림을
맛보면 된다. 이것이 무의식에 이끌린 진짜 여행이다.

이처럼 낯선 곳으로 떠나는 것은 무한 그리고 무지의 세계로 자
신을 던져놓는 것이다. 낯선 세계를 고독하게 혹은 자유롭게 혹은
두려움으로 만나면서 없었던 시간을 만들고, 숨어 있던 혹은 억눌린
무의식의 감정들을 되찾는 것이다. 그것은 앞만 보고, 미래에만 머
물던 불행한 정신에 저항하는 것, 옆을 보고자 했던 초라한 갈망에
게 길을 터주는 것이다. 떠남의 무의식적 욕망, 그것은 언제나 나의
모든 열정의 맨 앞에 서 있었다. 그리고 이것은 내 존재의 필연적 전
제이기까지 했다. 만약 나를 움직이는 하나의 메커니즘이 존재한다
면, 그것은 바로 바람의 신 아이올로스가 굴리고 있는 떠남의 욕망
일 것이다.

2
버림, 그 즐거움에 관하여

리우데자네이루, 브라질

*

어떤 곳에 대한 열망이 여행 준비의 전부다

"스페인에 오기까지 얼마나 준비했어요?"

"이틀이요. 그래서 스페인에 대해서 아는 것도 없고 어디를 가야
할지도 몰라서 지금부터 정해야 하는데……."

여기서 '이틀'이란 여권을 발급받고, 배낭을 사고, 항공권을 구입
하는 데 걸린 시간이다. 나의 말이 조금 믿기지 않는지 샬리는 고개
를 갸우뚱했다. 또 한편으로는 걱정이 되었는지 바르셀로나에서 함
께 움직이자고 제안한다.

"하지만 스페인을 꿈꾸어온 건 아주 어릴 적부터예요."

그제야 샬리는 고개를 끄덕인다. 어떤 곳에 대한 열망이 여행 준

비의 전부가 될 수 있다는 것을 이해한 것 같았다.

뼈저리게 낯선 것들을 충격적으로 만날 수 없다면, 그것은 여행이 아닐지도 모른다. 갈 곳에 관해 찾은 많은 정보들은 오히려 자신을 그곳으로부터 소외시킨다. 낯선 곳이 낯섦이 아닌 친숙하고 일상적인 것으로 자신을 맞이하기 때문이다. 그것은 여행이 아닌 단지 공간의 이동일 뿐. 아는 만큼 보인다는 말이 유행처럼 번진 적이 있었다. 나 역시도 한동안 공감했던 말이다. 하지만 나는 여행이 거듭될수록 그 말을 거부하기 시작했다. 여행은 지식을 쌓기 위한 철학적 모험이 결코 아니다. 고흐의 그림이나 고대 건축 양식을 만나기 위해 떠나는 수학여행이 아니다. 나의 시간과 다른 흐름, 자신의 감각을 처녀로 만들어줄 낯섦이 있는 곳, 그곳이 어디든 그와의 짜릿한 만남을 즐기고, 아쉬움으로 돌아서는 것이 여행이다. 그래서 나의 여행 준비는 언제나 '이틀', 그 시간이면 충분했다.

이렇게 짧은 여행 준비는 여행의 속도를 늦춰준다. 여기저기서 의외의 사건들이 나를 기다리고 있기 때문이다. 기차표나 숙박시설에 대한 예약을 하지 않아 기차역에서 추운 밤을 지새워야 했던 일, 여행자 수표에 사인을 하지 않아 불법 취업자로 간주되어 경찰서에 억류되어 있었던 일, 페루 고산 지대 염전에서 선물 받은 소금을 마약으로 오해한 나머지 국경을 통과하지 못한 일, 그리고 비자가 필요한 공산권 국가에 비자 없이 입국해 추방당했던 일 등이 그렇다.

이렇게 여행은 기차를 놓치면서 시작되고, 느리게 흐르는 시간

리우데자네이루, 브라질

에 자신의 호흡을 맞추면서, 불쑥불쑥 튀어나오는 사건들에 익숙해지면서 깊어진다. 하지만 이런 일들은 나의 영혼에서 영원히 사라지지 않을 가장 아름다운 추억이다. 만약 나의 여행이 완벽하게 준비된 것이었다면, 지금까지도 나의 가슴을 일렁이게 하는 여행은 존재하지 않았을 것이다. 철저하게 준비된 여행은 프라하의 낯선 골목이나 뉴욕의 복잡한 거리를 서울의 골목길처럼 익숙하게 찾아가는 것과 다르지 않다. 여행의 속도가 느려지는 만큼 낯선 것들은 내게 더 많이, 그리고 더 아름답게 다가온다. 그럴 때 여행의 충만함은 나의 온몸을 파도처럼 휩싸고 돈다. 여행이 주는 행복은 결코 익숙함이나 혹은 편안함 속에 깃들어 있지 않다.

혼자서 멀리 걸어가본 적이 있기나 한 걸까?

어느 겨울, 미국 LA 공항 입국 심사대.

"어디 가십니까? 어디서 묵을 거죠?"

"휴스턴을 거쳐 브라질 리우데자네이루로 갑니다. 미국엔 머물지 않습니다."

심사관은 다시 물었다.

"혼자입니까? 단체입니까?"

나는 웃으며 대답했다.

"당연히 혼자 갑니다."

심사관은 나를 다시 한 번 쳐다보았다.

"그러면 짐을 좀 보여주시죠."

"이것뿐입니다."

나는 손가락으로 메고 있는 배낭을 가리키며 대답했다.

"와우!"

심사관은 한 달 일정에 작은 배낭 하나가 전부라는 사실에 놀라워하며 손가락을 치켜세워 보였다.

배낭을 꾸리는 일은 수학여행 전날 밤에 짐을 챙기며 '무엇을 가지고 갈까?' 고민했던 아름다운 추억과도 같다. 배낭을 꾸리는 시간, 그것은 여행의 절반 이상이다. 우리는 온갖 짐들을 넣었다 뺐다를 반복하면서 그 물건들로 인해 생길 수 있는 즐거운 일들을 상상하곤 한다.

하지만 그런 상상 속에서 우리가 잊은 것이 하나 있다. 그런 물건들은 내가 떼어버리고자 하는 지긋지긋한 나의 일상적 실체들이라는 점. 내가 입었던 화려하고 깔끔한 옷들은 지금의 현실이 만든 작은 규범이며, 내가 읽고 있는 책들도 나를 옥죄는 현실이 만든 경쟁의 도구일 뿐이다. 그런데 이런 짐들을 다시 짊어지고 우리는 도대체 어디로 갈 수 있단 말인가? 우리는 아무 곳도 갈 수 없다. 만약 그 배낭을 메고 지구의 반대편까지 걸어간다고 해도 그곳은 여전히 '이곳'일 뿐이다. 이것은 분명 바보스러운 짓임에 틀림없다. 그래 우리의 배낭은 보잘것 없는 작은 것이 되어야 하리라. 추억을 담아올 정도의 아주 작은 것. 배낭이 작아지면 작아질수록 우리의 여행은 그만큼 커진다는 것, 그것이 여행의 모순적 진리다.

우리의 작은 배낭 속에 정말 담지 말아야 할 것은 무엇일까? 그것은 '친구'와 '카메라'다. 친구는 배낭 속에 들어가기에는 너무나 크다. 절대 넣어서는 안 된다. 친구와 함께 떠난다는 것은 내가 탈출하고자 했던 이 세계를 통째로 담아가는 가장 모순된 일이기 때문이다. 여행이 주는 떨림, 두려움, 고독의 모든 감정들은 친구라는 나의 익숙한 세계 속으로 침잠해버린다.

크리슈나무르티는 이렇게 말했다.

"'홀로'라는 낱말 자체는 물들지 않고, 순진무구하고 자유롭고 전체적이고 부서지지 않는 것을 뜻한다. 당신이 홀로일 때 비로소 세상에 살면서도 늘 아웃사이더로 있으리라. 홀로 있을 때 완벽한 생동과 협동이 존재할 수 있다. 왜냐하면 인간은 본래 전체적이기 때문이다."
— 크리슈나무르티

결국, 친구의 입은 나의 귀를 막아버릴 것이며, 친구의 눈은 나의 시선을 고정시킬 것이며, 친구의 손짓은 나의 걸음에 방향을 제시해줄 것이다. 그리고 크리슈나무르티가 말한 것처럼 본래적으로 전체적인 나를 군중 속 그들이 아닌 이방인으로서의 나로 만들어버

리우데자네이루, 브라질

릴 것이다. 얼마나 슬픈 일인가! 장 그르니에가 《섬》에서 말한 것처럼 비밀스러운, 그래서 행복한 여행은 기대할 수 없으니 말이다.

낯선 도시에서 비밀스러운 삶을 살고 싶어 하는 내 꿈 이야기로 되돌아와보자. 내가 이러 이러한 사람임을 드러내 보이지 않는 것은 두말할 필요도 없겠지만 한 걸음 더 나아가서 낯선 사람들과 말을 하지 않을 수 없는 경우에라도 나는 실제보다 더 보잘것없는 사람으로 보였으면 싶다. 예를 들어 실제로 어떤 나라를 가보아서 알고 있다 하더라도, 나는 모르는 척하고 싶다. 내게는 익숙한 어떤 사상을 누가 장황하게 이야기한다면 나는 그것을 처음 듣는 것처럼 하고 싶다. 누가 나의 사회적 지위를 묻는다면 나는 지위를 낮추어 대답하고 싶다.(......) 나는 '격'이 낮은 사람들과 왕래하고 싶다.

— 장 그르니에, 《섬》 중에서

친구는 여행지에서 새롭게 만들어야 하리라. 길을 물으면서, 연착하는 기차를 하염없이 기다리다 투덜거리는 이들의 생각에 동조하면서, 싼 숙소를 찾아 함께 헤맨 후 같은 방에 묵으면서, 기분 좋은 미소로 그들과 친구가 되어야 하리. 그들의 나이가 많거나 혹은 적을지라도, 혹은 그들이 나와 다른 성을 가졌을지라도, 혹은 그들의 직업이 보잘 것 없다고 생각될지라도, 그 어느 것도 친구가 되는 것의 걸림돌이 되지는 못하리라.

질투와 시기의 감정들을 숨긴 채 대화를 나누어야 했던 친구들과 달리 그들에게는 깨끗하고 진실한 마음만으로 관계가 깊어질 수 있음을 보게 되리라. 구태여 자신을 드러내 보이지 않는, 오히려 구멍 난 양말을 스스럼없이 드러내며 미소를 짓는 그런 친구를 만나야 한다. 친구에게 물든 익숙한 세계를 버리고 낯선 기차역의 고독 속에서 우연인 듯 다가오는 한 사람을 만날 때, 여행은 시작된다. 프란츠 카프카처럼 그렇게 홀로 걸어갈 때 또다른 세계가 주는 행복을 맛볼 수 있으리라.

혼자 있는, 혼자 걷는, 그리고 혼자 햇빛 내리쬐는 곳에 누워 있는 즐거움은 아마 모를 거요. (......) 혼자서 멀리 걸어가본 적이 있기나 했소? 그렇게 할 수 있으려면 과거에 많은 비운과 행운을 맛보았어야 하는 것이라오. 소년 시절에 나는 혼자 있었던 적이 많았는데 그것은 다분히 강요에 의해서였고 구속 없이 행복을 느꼈던 적은 드물었지요. 그러나 지금은 나는 물이 바다로 흘러 들어가듯 즐거운 고독 속으로 달려간다오.

— 프란츠 카프카, 《일기》 중에서

카메라가 사라질 때, 비로소 나는 '그들'이 된다

카메라 역시 여행의 가장 큰 훼방꾼 중 하나다. 카메라는 우리들의 시각적 기억을 대신해주는 유용한 도구임에는 틀림없다. 하지만 카메라는 시각 외에 다른 감각들마저도 마비시킨다. 즉 우리의 모든 감각을 시각 중심으로 재편하여 오로지 아름답고 새로운 것들에만 머물도록 강제한다. 여행을 생생하게 기억하기 위하여 한 장의 사진이라도 더 담아오려는 노력이 결국 우리의 다양한 감각이 복합적으로 만들어낼 수 있는 생동감을 죽이는 것이다. 즉 카메라는 같은 대상을 서로 다른 각도에서 수십 번 바라볼 수 있을 뿐, 대상이 가지고 있는 본연의 향기와 맛과는 결코 소통할 수 없다. 우리는 분명 시각적 즐거움만을 위해 여행을 떠난 것이 아님에도 불구하고 우리 손에 고가의 카메라가 멋진 자태를 뽐내고 있는 한, 우리는 결코 시각적 구속에서 벗어날 수 없다.

사진은 낯선 대상과 내가 하나가 될 수 있을 것이라는 착각을 불러일으킨다. 인화된 사진이 언제든 나를 그곳으로 다시 데려다줄 수 있을 것이라고 우리는 생각하지만, 오히려 나와 낯선 대상을 이원화시킨다. 사진을 찍는 행위는 주체로서의 내가 타인들이나 사물들을 객관적 대상으로 전락시키는 슬픈 일이기 때문이다. 따라서 카메라를 버려야만 주체와 객체가 사라지고 여행지의 그 무엇과도 하나가 될 수 있다. 결국 카메라는 나로 하여금 상대와 악수를 할 수도, 손을 흔들어줄 수도 없게 만든다. 내 손에서 카메라가 사라질 때, 비로소 나는 그들의 시선으로부터 해방된 '그들'이 되는 것이다.

"어! 카메라가 없어졌네. 어떡하지?"

갑자기 밀려오는 허무함과 불안감은 나를 성난 망아지로 바꾸어놓았다. 암스테르담 역에 도착한 기차. 나는 정신 나간 사람처럼 열차 안을 뒤졌고 역장을 찾아가 하소연을 하기도 했다. 나의 여행이 모두 날아가버렸다는 생각에 아무것도 할 수 없었다. 하지만 얼마 후 '도대체 무엇이 허무한 것이고 무엇 때문에 불안한 걸까?'라는 생각이 스멀스멀 내 머리를 비집고나왔다. 카메라에 담긴 풍경들은 사라졌어도 나의 경험과 느낌은 생생히 살아 있는데, 카메라가 나의 여행을 빼앗아간 것도 아닌데, 허무해 하거나 슬퍼할 할 이유가 전혀 없지 않은가?라는 생각이 불쑥 나의 마음을 위로하듯 찾아왔다. 오히려 카메라를 잃어버릴까 걱정했던 날들, 카메라를 신기한 듯 바라보던 사람들의 눈길이 내게서 사라졌다는 편안함은 나를 깃털보다 자유롭게 만들어주었다.

3
귀향, 그 편안함에 관하여

고향, 한국

*

'연어'라는 말에서는 강물 냄새가 난다

지금 우리의 삶은 어딘가로부터 떠나와 있다. 정해진 길을 따라 여행을 하고 있는 중이다. 하지만 우리는 곧 떠나온 곳으로 돌아가야 한다. 우리의 삶이 과거로 혹은 고향으로 회귀할 때 완성되듯이 여행도 되돌아옴으로 완성된다. 여행의 끝에는 아쉬움과 슬픔이 있다. 하지만 동시에 편안함과 휴식도 있다. 인생도 마찬가지다. 과거의 장소와 시간으로 돌아가야 하는 것은 서글픔인 동시에 기쁨이다. 돌아간다는 것은 우리 곁으로 죽음이 바짝 다가와 있음을 말해주는 것이다. 그래서 쓸쓸하고 서글프다. 하지만 우리는 그곳에 편안히 누울 수 있다. 무거웠던 배낭을 내려놓듯 우리의 삶도 하나씩 내려놓기만 하면 된다. 그럴 때 우리는 어디에서도 느껴보지 못한 편안함을 맛보게 될 것이다.

"연어, 라는 말 속에는 강물 냄새가 난다."

안도현 시인이 말한 연어들의 그리움은 강물이다. 분명 연어들은 고향인 내천보다 타향인 드넓은 바다에서 더 오랜 시간을 보낸다. 때문에 사람들은 바다가 그들의 삶의 전부라고 말할 수도 있을 것이다. 하지만 연어들의 핏줄과 은빛 비늘에는 비릿하고도 진한 강물이 흐르고 있다. 그래서 그들에게 바다는 고향이 아닌 타향이거나 낯선 여행지가 되는 것이다. 결국 연어가 돌아가야 할 곳은 고향인 강물이다. 그들의 어릴 적 흔적들이 작은 조약돌과 물풀들에 새겨져 있는 그곳으로 돌아가야 하는 것이다.

"사무친다는 게 뭐지?'
"아마 내가 너의 가슴 속에 맺히고 싶다는 뜻일 거야'
"무엇으로 맺힌다는 거지?'
"흔적....... 지워지지 않는 흔적."

릴케나 하이데거는 인간의 실존을 '실향(失鄕)'이라고 했고, 게르하르트나 보발리스는 인간을 '귀향자'라고 명명했다. 인간을 고향을 상실한 채 살아갈 수밖에 없는 슬픈 존재이자 향수병에 몸부림치는 나그네로 본 것이다. 호메로스의 《오뒷세이아》에서 주인공 오디세우스는 그리스와 트로이 간의 전쟁에서 승리한 후 온갖 영예를 차지하게 된다. 하지만 그 어떤 영광도 고향으로 돌아가고픈 그의 마음을 빼앗지는 못한다. 거룩한 여신 칼립소가 오뒷세우스를 자신의 곁에 붙잡아 두고자 유혹하지만 그는 이렇게 답변한다.

> "여신님, 제발 그런 일로 나에게 노여움을 가지지 마십시오, 이미 나 스스로 충분히 분별하고 있으니까요. 제 아내인 정숙한 페넬로페가 그 자태나 몸매에서 당신과 비교했을 때 훨씬 못하다는 것을 알고 있습니다. 왜냐하면 그녀는 죽어야 할 인간의 몸이지만, 당신은 늙지도 죽지도 않는 신이 아니십니까? 그럼에도 불구하고 나는 언제나 집으로 돌아간다는 것과 귀향의 행복한 날들을 바라고 있을 뿐입니다."

오뒷세우스는 타지에서의 평온하고 쾌락적인 삶과 조금은 초라해 보일 수 있는 집으로의 귀환 사이에서 갈등 없이 귀향을 선택한 것이다. 결국 오뒷세우스는 귀향을 위해 저승까지 갔다오며 몇 번의 죽을 고비를 넘긴 끝에 고향으로 돌아오게 된다.

이렇게 우리 모두는 안식처를 떠나 어딘가로 떠도는 모험가이자 여행가이다. 명예, 권력, 재산 혹은 사랑을 위해 우리는 타향살이를 자처한다. 하지만 결국 우리가 돌아가야 할 곳은 고향이며, 그곳이 바로 우리가 애타게 찾아 헤맨 유토피아이다.

나의 긴 여행도 끝이 났다. 낯섦도, 타인의 호기심 가득한 시선도 내 곁을 떠났다. 그리고 자유도 함께 사라졌다. 나는 귀향한 오뒷세우스만큼 기쁘고 행복하다. 나의 고단했던 방랑과 가벼운 일탈들이 편히 쉴 곳으로 돌아왔기 때문이다. 일상적 삶을 살아왔던 고향이 아니라면 그 무엇이 나를 이토록 편안히 안아줄 수 있을까? 아마도 고향을 떠나보지 않은 사람들이나 일탈을 꿈꿔보지 못한 사람들은 고향이 주는 행복을 평생 맛볼 수 없으리라. 그들에게 고향은 단지 지루한 일상에 지나지 않을 테니까 말이다.

돌아왔노라.
세상과 이별하고 속세와 단절하니
세상과 나 서로 맞지 않아
다시 벼슬길에 올라 무엇을 구하리오
가족들과 정담을 나누며 즐거워하고
거문고를 타고 책을 읽으며 시름을 달래련다
농부가 내게 와서 봄이 왔다 일러주니
서쪽 밭에 나가 밭을 갈아야겠네

— 도연명, 〈귀거래사(歸去來辭)〉

고향, 한국

여행, 고단한 영혼의 휴식처

"우리는 이곳까지 제대로 쉬지도 않고 너무 빨리 왔어요. 이제 우리의 영혼이 우리를 따라올 시간을 주기 위해서 이곳에서 기다려야만 합니다."

이 말은 원주민 짐꾼이 자신을 재촉하며 화를 내는 탐험가에게 했던 말이다. 정말 우리는 너무 빨리 가고 있는 건 아닌가? 그곳이 어디인지도 모르면서 무조건 달리고만 있는 건 아닌가? 이제 우리는 저 만치서 헐떡이며 쫓아오는 우리의 영혼을 위해서 하던 일을 멈춰야 한다. 그리고 바람에 영혼을 실어 무지개가 있는 곳으로, 당신이 상상한 것보다 훨씬 많은 것들이 기다리고 있는 그곳으로 고독하게 떠나야 한다. 사람들과 반대로 걸어가야 한다.

일본의 방랑시인 바쇼는 여행일기에서 이렇게 말한다.

"어느 해부터인지 구름 조각이 바람의 유혹에 못 이기듯 나는 끊임없이 떠도는 생각들에 부대끼게 되었다. 그리하여 바다 기슭을 떠돌았는데 (……) 봄이 돌아오자 가벼운 안개 속을 지나 시라가와의 울타리 저 너머로 떠나고 싶은 마음이 불현듯 일었다. 족행신(足行神)이 내 정신을 흔들고 나그네 신들이 부르는 소리에 귀가 솔깃해진 나머지 아무 일도 손에 잡히지 않았다."

그렇다. 여행의 유혹은 이렇게 어느날 문득 찾아온다. 하지만 우리는 떠날 준비가 되어 있지 않다. 고독을 품을 용기도 없다. 그래서 서글프다. 하지만 나는 떠났다. 목적지는 없었다. 단지 방향만이 앞장섰을 뿐이다. 나는 인도 사막 한가운데서 별을 보며 홀로 누워 있을 때도, 티베트의 검푸른 산기슭을 혼자 걸었을 때도, 프라하 행 기차 삼등칸에 지친 몸을 실었을 때도 외롭지 않았다. 그때마다 내 곁엔 되찾은 '자유'가 함께 있었기 때문이다.

떠나라. 당신은 일을 해야 하는 '사람'이기 이전에 권태와 우울함에 저항할 수 있는 '여행자'이다.

만약, 떠나지 않는다면 당신은 빠르게 늙어갈 것이며, 지독하게 부패할 것이다. 그리고 소리 없이 죽어갈 것이다. 우울함 속에서, 권태로움 속에서, 뒤늦은 후회 속에서.

산다는 게, 지긋지긋할 때가 있다

지은이 | 최인호

펴낸곳 | 마인드큐브
펴낸이 | 이상용
책임편집 | 김인수
디자인 | 서경아, 남선미, 서보성

출판등록 | 제2018-000063호
주소 | 경기도 고양시 일산동구 일산로 11, 507-404
이메일 | mindcubebooks@naver.com
전화 | 031-945-8046
팩스 | 031-945-8047

초판 1쇄 발행 | 2020년 2월 20일
초판 2쇄 발행 | 2020년 3월 9일
초판 3쇄 발행 | 2022년 10월 11일
ISBN | 979-11-88434-27-5(03800)